2€

W0417238

CONFESSIONS D'UN AMI IMAGINAIRE

L'édition originale de ce livre a été publiée pour la première fois en anglais aux États-Unis, par Dial Books for Young Readers, Penguin Group (USA) LLC, 375 Hudson Street, New York, New York 10014, sous le titre *Confessions of an Imaginary Friend.*

Texte et illustrations intérieures copyright © 2015 par Michelle Cuevas
Couverture : illustration copyright © 2015 par Merrilee Liddiard ;
design par Maria Fazio
Publié avec l'autorisation de Folio Literary Management, LLC

Traduction française © 2017 Éditions Nathan, SEJER,
25, avenue Pierre-de-Coubertin, 75013 Paris, France
Loi n° 49-956 du 16 juillet 1949 sur les publications destinées à la jeunesse, modifiée par la loi n° 2011-525 du 17 mai 2011

ISBN : 978-2-09-256587-2

Dépôt légal : février 2017

CONFESSIONS D'UN AMI IMAGINAIRE

Mémoires de Jacques Papier

Recueillies par
Michelle Cuevas

Traduit de l'anglais (États-Unis) par Lilas Nord

Nathan

Pour Carly :

je ne pourrais imaginer meilleure amie

Chapitre Un

TOUT LE MONDE DÉTESTE JACQUES PAPIER

Eh oui, ô lecteurs, j'ai décidé d'écrire mes mémoires. Et le premier chapitre s'intitule tout simplement :

TOUT LE MONDE DÉTESTE JACQUES PAPIER.

À mon avis, c'est la meilleure façon de résumer l'aspect dramatique de mes huit premières années d'existence en ce monde. Bientôt, je passerai au chapitre deux. C'est là que j'avouerai avoir un poil déformé la vérité dans le premier chapitre, à l'image du corps difforme de mon teckel, François. C'est en écrivant « tout le monde » que j'ai exagéré. Parce qu'il y a trois exceptions :

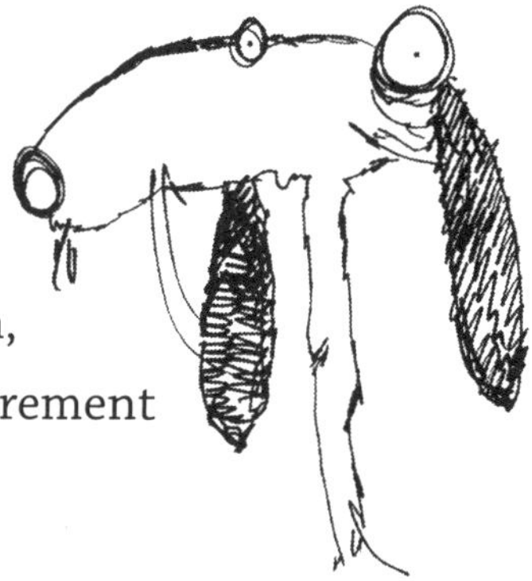

Ma mère.

Mon père.

Ma sœur jumelle, Fleur.

Si vous avez le sens de l'observation, vous aurez remarqué que j'ai volontairement omis François le teckel de cette liste.

Chapitre Deux

FRANÇOIS LE TECKEL MALÉFIQUE

Il n'existe sans doute pas duo plus classique qu'un petit garçon et son chien. Ils sont un peu comme :

cul et chemise

pied gauche et pied droit

sel et poivre.

Et pourtant…

Ma relation avec François ressemble plutôt à un coup de pied en dessous de la chemise. Un pied gauche dans un piège à loup. Du sel sur une coupure toute fraîche. Vous voyez le tableau.

Soyons juste : ce n'est pas entièrement la faute de François. Il faut dire qu'il n'est pas parti avec les bons atouts dans la vie.

D'abord, je crois que la personne chargée de fabriquer les chiens avait la tête ailleurs quand elle a collé les pattes trapues de François à son corps en forme de banane. Qui ne serait pas de mauvais poil avec le ventre qui balaie le sol dès qu'on va se balader.

Le jour où on l'a ramené chez nous, quand il n'était encore qu'un chiot, François a reniflé ma sœur et il a souri jusqu'aux oreilles. Moi, il m'a reniflé et il a aboyé. Ça fait maintenant huit ans qu'il aboie dès que je passe à portée de son horrible truffe.

Chapitre Trois

MARIONNETTES DE PAPIER

Ce n'est pas parce que notre famille s'appelle Papier qu'elle fabrique ou qu'elle vend du papier. Non, elle fait plutôt dans le commerce d'imagination.

Un jour, Fleur a demandé à notre père :

– Est-ce qu'il y a vraiment autant de monde qui a besoin de marionnettes ?

J'avoue que je m'étais moi-même souvent posé cette question au sujet du magasin de marionnettes de nos parents.

– Ma chère fille, a répondu notre père, tu ferais mieux de demander : mais qui peut donc se passer de marionnettes ?

– Les fleuristes, a aussitôt lancé Fleur. Les musiciens. Les chefs cuisiniers. Les présentateurs télé.

– Oh, bonjour ! a fait notre père. Je suis fleuriste. On dit que parler aux plantes les aide à pousser, alors ma marionnette et moi, on papote, et nos fleurs se portent à merveille !

Ensuite, il a fait un tour sur lui-même et a repris :

– Eh, regardez-moi, le pianiste aux deux marionnettes : c'est tellement plus pratique de jouer à quatre mains ! Et moi, je suis cuistot, mais plutôt que d'enfiler un gant pour ne pas me brûler, je mets ma marionnette pour m'amuser. Aha, et moi, le journaliste qui vous présentait les informations tout seul à la télévision, maintenant, j'ai un compagnon pour me donner la réplique.

– D'accord, a dit Fleur. Les gens seuls qui n'ont personne à qui parler ont besoin de marionnettes. Heureusement, Jacques et moi, on est toujours là l'un pour l'autre. D'ailleurs, on va jouer dehors.

J'ai souri et fait un petit signe à notre père, puis j'ai suivi Fleur. La cloche de la porte a tinté quand nous avons tourné le dos au regard froid des marionnettes, avant de saluer le soleil qui nous a adressé un clin d'œil à travers les nuages de l'après-midi.

Chapitre Quatre

J'INSISTE : *TOUT LE MONDE* DÉTESTE JACQUES PAPIER

L'école. Qui a bien pu inventer ce lieu cruel ? Peut-être la même personne qui assemble les teckels. L'école est un très bon exemple d'endroit où tout le monde (vous avez bien lu : *tout le monde*) me déteste. Laissez-moi illustrer mon propos par des exemples tirés de cette semaine :

Lundi, on a joué au foot. Les capitaines ont choisi un par un des joueurs pour leur équipe. Quand il ne restait plus que moi, ils m'ont planté là pour commencer le match. Je n'ai pas été choisi en dernier : je n'ai pas été choisi du tout.

Mardi, j'étais le seul à connaître la capitale de l'Idaho. J'ai levé la main, je l'ai même agitée, comme une marionnette en haute mer. Mais la maîtresse s'est contentée de demander :

– Alors comme ça, personne ne le sait ? Vraiment *personne* ?

Mercredi, au déjeuner, un garçon très costaud a failli s'asseoir sur moi et j'ai dû déguerpir de ma chaise pour échapper à une mort certaine.

Jeudi, j'ai fait la queue pour prendre le bus. Avant même que j'aie eu le temps de monter, le chauffeur m'a refermé les portes au nez. J'ai crié :

– EH, MAIS C'EST PAS VRAI !

Mais mes mots se sont perdus dans un nuage de gaz d'échappement. Fleur a demandé au conducteur de s'arrêter pour descendre et elle est rentrée avec moi à pied.

Voilà pourquoi vendredi matin j'ai supplié mes parents de me laisser rester à la maison. Ils n'ont même pas dit non. Ils m'ont fait le coup du silence.

Chapitre Cinq

LA CARTE DE NOUS

Du plus loin que je me souvienne, Fleur et moi avions toujours dessiné la Carte de Nous. Dessus, il y avait des endroits faciles à représenter : l'étang aux grenouilles, le champ où trouver les plus belles lucioles et l'arbre sur le tronc duquel nous avions gravé nos initiales.

Il y avait aussi les sites incontournables de notre monde, comme la pointe du Magasin de Marionnettes, les fjords de François ou le pic de Papa et Maman.

Mais il y avait aussi d'autres lieux.

Les meilleurs endroits.

Ceux qu'on était les seuls à connaître.

Comme le ruisseau de larmes que Fleur avait versées le jour où un garçon de l'école s'était moqué de ses dents. Ou l'emplacement où nous avions enterré une capsule temporelle. Et celui où nous avions déterré une capsule temporelle. Et celui, cent fois mieux, où se trouve désormais la capsule (pour l'instant).

Comme la galerie pour œuvres à la craie que nous

ouvrions chaque été sur le trottoir. Et l'arbre grâce auquel j'avais battu le record d'escalade (et de chute, sauf qu'on ne l'avait pas dit à Papa et Maman). Comme la zone où les flamanchots, les mourflours et les chimpantruches paissent et vivent en liberté. Et le petit trou dans le chêne où j'avais glissé le sourire de Fleur, celui qui se lit dans ses yeux, pas sur ses lèvres. Ou encore des coins pour cacher ou trouver des choses et de profonds puits de secrets.

C'est comme ça, entre meilleurs amis : il existait tout un univers que nous étions les seuls à voir, elle et moi.

Chapitre Six
MAURICE LE MAGNIFIQUE

De temps en temps, le dimanche, on se rendait en famille au musée pour enfants du coin, où il y avait de vieux cailloux ou de quoi faire des bulles de savon, et d'autres trucs de bébés. Mais ce n'est pas ce qui nous plaisait. On y allait parce que, le dimanche, on avait droit à du pop-corn gratuit et qu'on pouvait « admirer » la « magie » de Maurice le Magnifique.

Maurice était vieux. Pas vieux comme le sont vos grands-parents ni même vos arrière-grands-parents. Vieux de chez vieux. Vieux du style ses bougies d'anniversaire coûtent plus cher que le gâteau. Vieux du genre ses souvenirs sont en noir et blanc.

Et les tours de Maurice ! Impossible de faire pire ! Il y en avait un où il sortait une colombe d'un phonographe. Un phonographe ! Ce type avait au moins mille ans. Chaque fois qu'on assistait à son spectacle, Fleur se penchait vers moi pour que je lui glisse discrètement mes commentaires spirituels.

– Maurice est si vieux, lui ai-je un jour murmuré, que ses bulletins de notes étaient en hiéroglyphes.

Fleur a mis ses mains devant sa bouche pour étouffer ses rires.

– Il est si vieux, ai-je enchaîné, qu'à sa naissance la mer Morte venait juste de tomber malade.

Malheureusement, ce dimanche-là, nous n'avons pas remarqué que Maurice, lui, avait bel et bien remarqué que nous étions en train de nous moquer de lui. Il s'est arrêté devant nous, un lapin morose à la main.

– Peut-on savoir à qui tu chuchotes, petite fille ?

– À mon frère, a répondu Fleur. Il s'appelle Jacques.

– Ah... Et qu'est-ce que *Jacques* a dit de si amusant ?

Les joues de Fleur sont devenues aussi rouges que ses cheveux. Elle était tellement gênée qu'elle se mordait la lèvre.

– Eh bien... Il pense que vous êtes... vieux. Et que votre numéro, il est bidon. Jacques dit que rien de tout ça n'est vrai.

– Je vois, a conclu Maurice. Le monde est plein de gens toujours prêts à douter.

Ensuite, il a essayé de faire claquer sa cape dans un grand geste, mais il s'est fait mal au dos. Alors il a péniblement traversé la scène en s'appuyant sur sa canne.

– Les sceptiques diront toujours que la magie, c'est

de la poudre aux yeux. Vous savez quoi ? Vous n'avez pas besoin de dire quoi que ce soit pour leur montrer qu'ils ont tort. Tout ce qu'il vous faut, c'est ça.

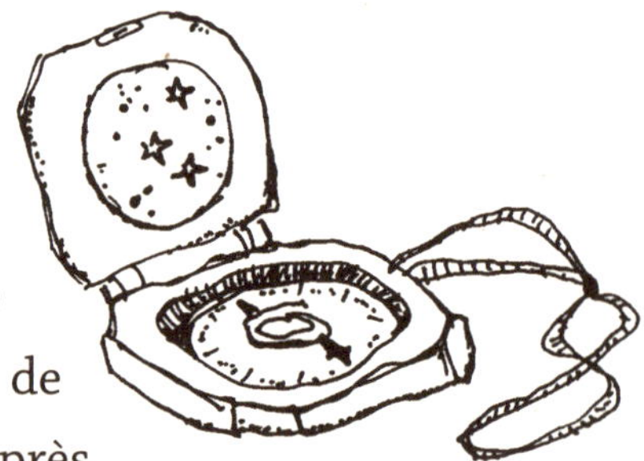

Maurice a sorti une vieille boussole cassée de la poche de sa veste. Elle avait l'air à peu près aussi vieille que lui et la flèche n'indiquait qu'une direction : elle pointait directement vers la personne tenant la boussole.

– Monte donc sur scène, ma petite. Tu seras mon assistante.

À contrecœur, Fleur s'est levée pour aller rejoindre Maurice. Je me sentais coupable. Pourvu qu'il ne lui demande pas d'entrer dans une boîte pour la transpercer avec des épées !

– Prends-la, a ordonné Maurice en tendant la boussole à Fleur. Et maintenant, je vais te faire disparaître.

Le magicien s'est placé devant un placard juste assez grand pour une personne. Il a fait signe à ma sœur d'y entrer. Une fois Fleur à l'intérieur, il a refermé la porte.

– Abricadabrac ! a crié Maurice.

Je n'ai pas pu m'empêcher de lever les yeux au ciel. Quel cinéma !

Mais, à ma grande surprise, quand Maurice a rouvert la porte, Fleur avait bel et bien disparu ! Un murmure d'enthousiasme a parcouru le public.

– Fleur ! a crié Maurice. Si tu tapotes ta boussole trois fois, tu pourras revenir parmi nous.

Maurice a refermé le placard, attendu que Fleur fasse ce qu'il lui avait demandé, et quand il a ouvert la porte, *POUF !* elle était de retour.

Évidemment, le public s'est déchaîné et le vieux Maurice a salué (ou pas : difficile à dire dans la mesure où il est déjà complètement voûté). Fleur a voulu lui rendre sa boussole, mais Maurice a secoué la tête et a refermé la main de ma sœur sur le petit instrument.

– Le monde est un mystère avec un M majuscule, a déclaré le magicien. L'impossible est possible. Et toi, Fleur, tu as l'air d'être le genre de petite fille qui sait que la réalité dépend juste de la manière dont on la regarde.

Chapitre Sept
ÉPOUSTOUFLÉ

Le lendemain, j'étais en train de tripoter la boussole pour essayer de faire disparaître François le teckel, quand j'ai entendu mes parents entrer dans leur chambre. Les murs de la Maison Papier ne sont pas plus épais qu'une feuille du même nom : voilà comment j'ai surpris la discussion qui a changé le cours de mon existence.

– Est-ce que tu crois qu'on peut avoir *trop* d'imagination ? a demandé ma mère à mon père.

– C'est possible. Peut-être que nous n'aurions pas dû élever notre fille au milieu de toutes ces marionnettes. Peut-être que toutes ces bouches qui bougent et tous ces yeux qui zyeutent lui ont tourné la tête.

J'ai entendu ma mère soupirer.

– Nous n'aurions pas dû jouer le jeu si longtemps. Les lits superposés, c'est une chose, mais réserver une place spéciale à table ? Prévoir une brosse à dents en plus ? Acheter les livres de classe en double ? Je pensais que Fleur finirait par grandir et se lasser toute seule de son ami imaginaire.

J'étais stupéfait.

Abasourdi.

Époustouflé.

Ma sœur, mon acolyte, avait un ami imaginaire ! Et elle ne m'avait rien dit !

Chapitre Huit

TOUT PARTAGER

Oh, Fleur !

Nous partagions tout : bains, banana splits et bonheurs. Et pas la peine de me lancer sur la suite de l'alphabet ! Une fois, nous avons même partagé – accrochez-vous – un chewing-gum. Elle en avait un dans la bouche et moi, je n'en avais pas. Alors elle l'a coupé en deux, comme le roi Salomon des sucreries. Peut-être bien que c'était dégoûtant. Peut-être que c'était juste de l'amour. Et peut-être que cette moitié collante tenait un peu des deux.

Mais là, elle gardait pour elle un secret aussi monumental qu'un ami imaginaire ?

Nous étions si proches... Fleur lisait mes pensées. Elle devinait mes idées avant même que je les aie. Par exemple, si notre mère demandait : « Qu'est-ce qui vous ferait plaisir pour le petit déjeuner ? », Fleur lui criait : « Jacques aimerait un pancake en forme de symphonie de Mozart n° 40 ! Celle en *sol* mineur ! »

Et le plus fou, c'est que c'était vrai. J'en avais vraiment envie.

En vérité, tout ce qu'on cherche dans la vie, c'est quelqu'un qui nous connaisse, qui sache aussi bien nous voir. Je ne parle pas de la couleur de nos cheveux ni de nos habits, je veux dire quelqu'un qui nous voie tels que nous sommes. Nous avons tous envie de trouver la personne qui sache qui nous sommes vraiment, jusque dans nos plus petites bizarreries, et qui nous comprenne quand même. Est-ce qu'on vous a déjà vu comme ça ? Sincèrement, réellement ? Est-ce qu'on a déjà découvert votre côté le plus intime, celui qui semble invisible au reste du monde ?

Je vous le souhaite.

Moi, j'ai connu ça.

Parce que Fleur avait toujours été avec moi.

Chapitre Neuf

R COMME RIDICULE

Le lendemain matin, j'étais un peu moins déprimé en me réveillant. Moins en colère et moins perdu : j'avais un plan. Moi aussi, je pouvais jouer à ce petit jeu-là.

Je ne parle pas du jeu de sept familles ni du Trivial Pursuit, même si j'y suis quasi imbattable. Je pense au jeu de l'ami imaginaire dans lequel Fleur s'était lancée. Je parle de mon idée géniale de me dégoter un ami imaginaire *rien qu'à moi*.

Soyons honnête, je ne connaissais pas grand-chose au sujet, vu que je suis plutôt du genre intellectuel qui s'intéresse aux biographies des présidents en pop-up et aux livres de coloriage sur la physique des particules. Je me suis donc rendu à la bibliothèque pour mener mes recherches.

J'ai demandé à la bibliothécaire :

– Excusez-moi, est-ce que vous auriez de la documentation sur les amis imaginaires ? À votre avis, ce serait plutôt rangé à A ou à I ? À moins que ce ne soit à R, comme « ridicule » ! Elle est bien bonne, celle-là, pas vrai ?

J'ai levé la main pour que la bibliothécaire tape dedans, mais elle a continué à empiler ses livres en m'ignorant royalement. Ça ne m'a pas vraiment étonné. Alors je lui ai expliqué :

– Écoutez, mon chien François est un monstre. Il a mangé les livres que j'ai empruntés la dernière fois. Et je reste convaincu que c'est à lui de payer les pénalités de retard, pas à moi.

La bibliothécaire a bâillé, puis elle a remonté les lunettes sur son nez. Exaspéré, j'ai lâché :

– Oh, très bien ! Si vous le prenez comme ça, je me débrouillerai tout seul.

J'ai cherché, et cherché. Et sur une vieille étagère poussiéreuse, entre un livre sur les licornes et un guide du pôle Nord, j'ai fini par trouver un ouvrage consacré aux amis imaginaires.

AMI IMAGINAIRE

nom

Personne qu'on apprécie et dont on aime la compagnie, mais qui n'existe pas pour de vrai.

Personne qui aide ou soutient quelqu'un et qui ne vit que dans sa tête ou par son imagination.

Synonymes

Amigo fantasque, copain fantasmé, compère fictionnel, camarade inventé, confident mythique, compagnon fantôme, poteau pour de faux, intime irréel, BFF virtuel, mousquetaire imaginé.

Antonymes

Ennemi existant, réel adversaire.

Habitat des amis imaginaires

On les trouve dans les arbres. Parfois aussi dans les cinémas qui passent des films muets, les zoos au bord de la mer, les magasins de magie, les chapelleries, les agences de voyage dans le temps, les jardins topiaires, les bottes de cow-boy, les tourelles de châteaux, les musées de la comète, les fourrières, les fourrés, les bassins à sirènes, les tanières de dragons, les piles de livres des bibliothèques (celles du fond), les tas de feuilles, les tas de crêpes, dans le ventre d'un violon ou la clochette d'une fleur, ou au sein d'une horde sauvage de machines à écrire.

Mais surtout dans les arbres.

Schémas migratoires

Parfois, les amis imaginaires doivent errer, voyager ou vagabonder un sacré bout de temps avant de rencontrer quelqu'un qui les voit. Après, ils restent en général un bon moment à ses côtés.

Régime

Milk-shake au nuage et tartine beurrée à la lune. Mais leur aliment préféré reste la poussière d'étoiles.

Activités

Les amis imaginaires passent le plus clair de leur temps tapis dans l'herbe, à la regarder. Approchez. Encore. Encore. Là. Vous voyez ? Ils observent toujours tout dans les moindres détails. Debout très tôt ou très tard, ils partent en balade sur le dos des baleines qui livrent le courrier, ou se lèvent couverts d'un langage secret composé de fredonnements, changent de forme comme les nuages, hurlent à la lune, se transforment en veilleuse radioactive dans le noir, en bateau de sauvetage sur un océan de potage aux nouilles lettres, ont le cœur sur la main, ne pensent qu'aux autres, croient aux histoires à dormir debout, aux fourmilions et aux trucs bidules. Ils croient. Ils croient en eux. Ils croient en *vous*.

Chapitre Dix

MOI ET MON (NOUVEAU) MEILLEUR AMI

Ce livre sur les amis imaginaires... Quel ramassis d'âneries !

Il m'a tout de même fourni quelques idées pour faire croire que j'avais un ami imaginaire rien qu'à moi.

Pour ne pas avoir l'air trop ridicule, je ne passais du temps avec mon nouvel « ami » qu'en cachette, en m'assurant bien sûr d'abord que Fleur était dans les parages. J'ai commencé par prendre une corde à sauter que j'ai agitée comme un fou en l'air, comme si mon « ami » tenait l'autre bout. Nul. Ensuite, mon « ami » et moi, on s'est préparé un chocolat avec deux pailles. Ah là là, qu'est-ce qu'on a rigolé ! Même si, finalement, c'est moi qui ai presque tout bu. Apparemment, mon nouveau meilleur ami n'est pas fan de chocolat. Nous avons joué à des jeux de société (j'ai gagné toutes les parties), nous avons fait du tape-cul

(tape-cul surtout pour moi) et nous nous sommes même lancés dans un combat de catch endiablé (même si c'est beaucoup moi qui l'ai balancé un peu partout sur le ring). Les amis imaginaires ne sont peut-être pas prédisposés aux prouesses athlétiques... Il faudra que je vérifie à la bibliothèque.

En tout cas, ça a fini par marcher, parce que Fleur s'en est rendu compte et qu'elle m'a demandé ce que c'était que ce cirque.

– Je profite de bons moments pour créer des liens affectifs avec mon nouvel ami imaginaire. Mon *meilleur* ami imaginaire, ai-je cru bon d'ajouter.

– Je vois, a-t-elle dit. Alors, comment il est ?

Gloups.

– Pardon ?

– Tu sais bien, a repris Fleur. À quoi il ressemble ? Qu'est-ce qu'il aime faire ? Qu'est-ce qu'il préfère comme couleur et comme chanson et comme passe-temps et comme souhaits et comme rêves ?

– Ah oui... bien sûr. Alors, euh... Mon ami a les cheveux genre brunoroux clair foncé. Des fois, il porte des chemises. Et il aime préparer tout un tas de... choses à manger.

– Jacques, tu ne serais pas en train de tout inventer, par hasard ? m'a demandé Fleur.

– Non ! ai-je crié. C'est réellement un vrai ami imaginaire. Tiens, j'ai même un portrait de lui quelque part. Il faut juste que je le retrouve et on en reparle après, si tu veux.

Je suis sorti de la pièce et j'ai couru m'enfermer à double tour dans la chambre que je partage avec Fleur. J'avais réussi à gagner un peu de temps. Je me suis assis à mon bureau pour me mettre au travail. Je me suis creusé la tête. Et puis j'ai creusé un peu plus profond. Qui pouvait donc bien être mon ami imaginaire ? Mais je ne trouvais rien. Nada. Blanc total. J'ai réalisé que c'était comme essayer de me souvenir des détails d'une personne que je n'avais même pas rencontrée.

Chapitre Onze

COURTE LISTE DE MEILLEURS AMIS POTENTIELS

Heureusement, une ampoule s'est brusquement allumée dans ma tête. C'est moi qui avais imaginé toute cette histoire ! Donc je pouvais bien inventer ce que je voulais au sujet de cet ami imaginaire *imaginaire*. Quel génie ! C'était un plan infaillible. Alors j'ai commencé à établir le portrait des candidats potentiels :

> Mon ami imaginaire est un excellent comptable qui envisage d'ouvrir son propre cabinet.
>
> (Non, je pouvais faire mieux que ça.)
>
> Mon ami imaginaire a une fleur à la place du cœur. Des abeilles bourdonnent autour de sa tête toute la journée et il marche souvent la bouche ouverte sous le soleil comme sous la pluie, parce qu'il espère que c'est bon pour son cœur.

Mon ami imaginaire est un géant. Il jongle avec la Terre et d'autres planètes : c'est pour ça qu'elles tournent. Il ne fait pas souvent tomber la Terre, mais quand ça arrive, les tasses en porcelaine d'Angleterre tombent du globe, ou les taches des léopards d'Afrique dégringolent.

Le père de mon ami imaginaire est un gros poisson qui vit dans la mer, et sa mère est une sirène aux écailles teintées de vert.

Mon ami imaginaire ressemble à une patate et a autant de personnalité.

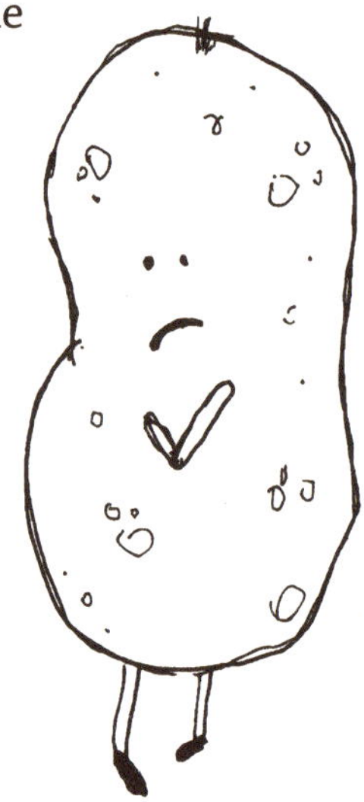

Chapitre Douze

LE GRAND DRAGON-HARENG

Une fois que j'ai eu fini de déterminer les caractéristiques de mon ami imaginaire, je suis retourné voir Fleur.

– Regarde-moi ça, un peu !

Je lui ai tendu le dessin extrêmement réaliste que j'avais fait tout seul comme un grand.

– Et voici… le Grand Dragon-Hareng !

– Wouah ! C’est impressionnant, a reconnu Fleur.

– Je sais, ai-je fièrement déclaré.

– Hum... Qu’est-ce que c’est au juste ?

– Un Grand Dragon-Hareng, bien sûr !

– Oui, je vois. Moitié dragon...

– ... moitié poisson ! ai-je complété.

– Qu’est-ce que ça mange, un Grand Dragon-Hareng ?

– Des milk-shakes au nuage et des tartines beurrées à la lune. Mais son aliment préféré, c’est la poussière d’étoiles.

– Papa a dit qu’il y aurait du rôti de veau pour le dîner, a indiqué Fleur.

Je lui ai tourné le dos et j’ai fait semblant de chuchoter, comme si j’étais en pleine conversation avec un dragon qui n’était pas vraiment là.

Ensuite, nous sommes entrés dans la cuisine où nos parents préparaient le repas. Le couvert était mis pour quatre, comme d’habitude.

– Il faut prévoir un cinquième couvert, a annoncé Fleur.

– Pour qui ? a demandé notre mère.

– Jacques a un ami imaginaire, a expliqué ma sœur. Il est mi-dragon, mi-poisson, mais il veut bien goûter votre rôti de veau.

– Comme c’est aimable à lui, a commenté notre mère.

Mais j'ai senti une pointe d'ironie dans sa voix.

Notre père a cessé de s'agiter aux fourneaux. Notre mère s'est assise, a fermé les yeux et s'est massé la tempe, sans doute prise d'une nouvelle migraine.

– Alors comme ça, Jacques a son propre ami imaginaire. Tu ne trouves pas ça un peu... exagéré, Fleur ?

– Pas vraiment, a répondu ma sœur en prenant une assiette et une fourchette supplémentaires. Vous m'avez toujours dit qu'il faut savoir élargir son imagination.

En entendant cela, notre mère a pointé notre père d'un doigt accusateur. C'est vrai que c'est typiquement le genre de phrase nunuche qu'il sort à longueur de journée.

Et voilà comment, piégés par la logique de ma sœur, nos parents ont dû se serrer autour de la table avec leur fille, un énorme Dragon-Hareng imaginaire et votre serviteur. Je dois reconnaître qu'on était un peu à l'étroit.

Après le dîner, nous sommes allés au cinéma et Fleur a insisté pour que mes parents achètent un billet de plus pour mon ami imaginaire. C'est là que Papa s'est rendu compte qu'il avait déjà vu le film. Alors à la place, toute la famille a eu droit à une glace, même le Dragon-Hareng, qui apprécie apparemment celle au chocolat avec des éclats d'amandes et des morceaux de guimauve. Cette nuit-là, quand Fleur a fait un cauchemar, nous nous sommes tous réfugiés dans le lit des parents. Mais le Dragon-Hareng a pris tellement de place que notre père a été éjecté du lit et qu'il s'est retrouvé par terre. C'est là qu'il s'est mis à hurler :

– ÇA SUFFIT ! Je n'en peux plus ! C'est vraiment... vraiment... trop d'imagination !

En peignoir, les cheveux en pétard, il a continué à crier, comme un fou furieux :

– Trop, c'est trop ! Qu'une petite fille ait un ami imaginaire, passe encore. Mais qu'un ami imaginaire ait *son propre ami imaginaire* ? Ça dépasse les bornes. C'est comme des poupées russes d'imagination ! Comme un tableau d'un tableau ! Comme le vent qui attrape froid à cause d'un courant d'air, ou une vague qui pique une tête dans l'océan. C'est comme lire un roman qui décrit un autre roman. Comme si la musique tapait du pied en écoutant un morceau, et qu'elle disait : « Oh ! J'adore cette chanson ! »

Nous avions peut-être poussé notre père à bout.

Mais ce n'est pas ce qui me préoccupait à ce moment-là. Non, ce qui me tracassait, c'est ce qu'il avait dit au tout début.

Qu'un ami imaginaire ait son propre ami imaginaire.

Je ne voyais pas du tout ce qu'il avait voulu dire par là, mais j'ai senti un drôle de nœud se former dans mon ventre.

Chapitre Treize

LA COW-GIRL À ROULETTES

J'ai siphonné les dernières gouttes de ma petite brique de jus de fruit devant le soleil couchant. Une fois vidée, je l'ai écrasée et je l'ai jetée derrière la balançoire sur la pile de celles que j'avais déjà descendues.

Je n'avais pas le cœur à me balancer. J'avais la tête lourde de sucre et de soucis, comme un cow-boy après une longue nuit de chevauchée dans les plaines.

– Dis-moi, l'ami, tu en as bu combien, comme ça ?

J'ai relevé la tête et j'ai découvert une fille de mon âge en tenue de cow-girl. Sauf qu'elle portait des patins à roulettes avec des éperons.

– Qu'est-ce que ça peut te faire ? ai-je grogné.

– La place est libre ? a-t-elle demandé en montrant la balançoire d'à côté. T'es sûr que tu ne veux pas me parler de ce qui te colle le blues, amigo ?

– Non. Je n'ai absolument pas envie de parler de ma sœur. Ni de discuter du fait qu'elle a un ami imaginaire dont elle ne m'a jamais parlé. Et encore moins d'évoquer l'idée qu'ils sont sans doute en train de prendre le thé ou de se faire les mêmes tatouages à l'heure qu'il est.

– Ah, je vois, a soupiré la cow-girl à roulettes. Les problèmes imaginaires. Y a pas pire.

– Ouais, c'est ça. Vas-y. Moque-toi de ma souffrance, ai-je ironisé en plantant une paille dans une nouvelle brique de jus.

– Moi ? Pas du tout. Tu vois cette fillette, là-bas ? Sur le manège, avec le chapeau de cow-boy ?

J'ai de nouveau levé la tête et j'ai vu la petite fille en question, un peu plus loin. Le manège a ralenti pour s'arrêter et son mécanisme a produit un drôle de bruit, comme les dernières notes d'une boîte à musique.

– Eh bien… a repris la cow-girl. Pour être tout à fait honnête, et s'il faut vraiment que tu le saches…

Et là, elle a lâché les mots qui ont tout changé et qui se sont gravés dans mon cœur comme une inscription sur un tronc d'arbre :

– Je suis son amie imaginaire.

Chapitre Quatorze

HURLER, STRIDULER, CHANTER

Les mots de Cow-Girl ont fusé tout autour de ma tête, comme des criquets qui bondissent dans un champ quand on les approche de trop près.

– Tu es *imaginaire* ? ai-je demandé.

– Tout ce qu'il y a de plus imaginaire, a répondu Cow-Girl.

– Foutaises !

– Tu n'es pas obligé de me croire. Ce n'est pas mon problème.

J'ai froncé les sourcils.

– Imaginons un instant que je te croie. Bien. Donc tu es une cow-girl imaginaire en patins à roulettes. Reste une question : comment tu expliques que je te voie, moi ?

Pensive, la cow-girl s'est contentée de faire aller et venir ses patins sous la balançoire pendant un moment. Le feuillage des arbres nous éclaboussait d'ombre et de lumière.

– Je ne sais pas comment te l'annoncer sans te blesser, a-t-elle enfin avoué. Tu as déjà entendu des chiens hurler, pas vrai ? Et des criquets striduler ? Et des oiseaux chanter ?

– Évidemment.

– Eh bien, nous n'avons pas la moindre idée de ce que les criquets, les chiens ou les oiseaux se racontent. Par contre, deux petits oiseaux peuvent passer la journée lancés dans un duo et un criquet comprend le moindre petit bruit d'un autre criquet. Pourquoi, à ton avis ?

– Parce qu'ils sont pareils, ai-je répondu.

– Pareils ! Exactement !

J'ai fixé la cow-girl à roulettes et j'ai secoué la tête. Elle a soupiré.

– Oh là là... Tu ne t'en es vraiment pas du tout rendu compte ?

– De quoi ? Que tu es zinzin ? Si, ça, je l'ai bien compris.

– Laisse-moi juste te poser quelques questions, d'accord ? À l'école, est-ce que tu as déjà choisi ta place ? Est-ce que tu dois faire attention aux voitures en traversant la route ? aux vélos ? Est-ce que quelqu'un d'autre que ta sœur t'a déjà adressé la parole ? Est-ce que parfois tu te sens, comment dire, *invisible* ?

– Ça arrive à tout le monde de se sentir invisible, ai-je répondu d'une toute petite voix. Pas vrai… ?

Sans attendre sa réponse, j'ai sauté de la balançoire et me suis enfui du parc.

Chapitre Quinze
BALLET DE POUSSIÈRE

Le lendemain, j'ai passé la journée à broyer du noir sur le lit du haut. À regarder la chambre. Quand le soleil s'est levé, un flot de colonnes lumineuses est entré dans la pièce. Ces rayons, dans lesquels dansait la poussière, reliaient les deux fenêtres au sol. Je ne sais pas pourquoi, mais j'ai pensé qu'en réalité c'était peut-être ça qui empêchait la maison de s'effondrer. Pas les faisceaux de lumière ni les poutres, mais quelque chose d'autre. Quelque chose qu'on ne pouvait pas voir à l'œil nu mais qui était là, en dessous de tout le reste.

Je suis resté là à réfléchir jusqu'à ce que le jour cède la place à la nuit. J'ai contemplé le ciel bleu foncé et les points lumineux que formaient les étoiles. Je suis resté là jusqu'à ce que Fleur se couche dans le lit du bas.

– Fleur, c'est fait avec quoi les étoiles, à ton avis ?

– Sais pas, a-t-elle chuchoté en s'endormant.

Peut-être que nous sommes faits de la même substance que les étoiles et peut-être que les étoiles sont constituées de la même étoffe que nous. De tout ce qui a été perdu et de tout ce qui n'a pas trouvé sa place.

Notre mère est venue nous border. Elle a allumé la veilleuse et s'est approchée de nos lits. Elle a repoussé une mèche de cheveux sur le visage de ma sœur.

– Bonne nuit, Fleur. Dors bien. Fais de beaux rêves.

– Dis-le aussi à Jacques, a demandé Fleur.

– Bonne nuit, Jacques. Dors bien.

– Et ses rêves ? a réclamé ma sœur.

– D'accord, a dit notre mère en souriant. Vous m'entendez, les cauchemars ? Ne venez pas embêter Jacques !

Après elle a remonté les couvertures sous le menton de Fleur. Elle l'a bien bordée et l'a embrassée sur le front.

– Je t'aime, ma Fleur.

Fleur a fermé les yeux.

– Et maintenant, tu le dis à Jacques.

– Je t'aime, Jacques, a soufflé notre mère.

Puis elle s'est relevée et a quitté la chambre. Quand elle a fermé la porte, elle n'a laissé derrière elle qu'un léger cadre de lumière scintillante.

Chapitre Seize

TOUT LE MONDE DÉTESTE (TOUJOURS AUTANT) JACQUES PAPIER

Il était temps de faire un test.

Lundi, je me suis planté au beau milieu du terrain de foot pendant un match, dans l'odeur d'herbe haute et le goût des moucherons. J'ai chanté cent soixante-quatorze fois – je vous jure ! – *Frère Jacques*. Personne ne s'en est rendu compte. Pas même les moucherons.

Mardi, j'ai fait des claquettes sur le bureau de la maîtresse pendant le cours de géographie. Elle a continué à parler des fjords. Les fjords !

Mercredi, à la cantine, j'ai mis tout le monde au défi de manger plus de crèmes caramel que moi. J'ai crié :

– Eh ! je parie que je peux en avaler un plateau entier !

Personne n'a relevé le défi. J'ai gagné par forfait.

Jeudi, je me suis posté un peu à l'écart pour observer ma famille dîner dans la salle à manger. Papa m'a servi une assiette de poulet surprise qu'il a posée sur la table. Puis il a dit (pour faire plaisir à Fleur, je présume) :

– Allez, Jacques, mange-moi ça. C'est ton plat préféré.

– Mais il n'est même pas à table, a protesté Fleur.

– Bien sûr que si, a gloussé notre mère. Il est assis juste là, comme d'habitude. N'est-ce pas ?

Et voilà comment, vendredi, je me suis retrouvé avec une laryngite due à un excès de *Frère Jacques*, des piqûres d'insecte, des crampes d'estomac et une foultitude d'informations inutiles sur les fjords. J'en suis carrément arrivé à me demander : Est-ce que j'aime vraiment le poulet surprise ? Hein, est-ce que j'aime ça, d'abord ?

C'est là que moi, Jacques Papier, d'ordinaire calme, posé et n'ayant jamais eu besoin d'aide, j'ai officiellement commencé à paniquer.

NOTE (EN VUE DE L'ÉDITION) :

À la lumière des récents événements, j'ai décidé de modifier temporairement le titre de ce dernier chapitre. Vous trouverez cette correction ci-dessous. Merci de votre compréhension.

~~Chapitre Seize~~

~~TOUT LE MONDE DÉTESTE (TOUJOURS AUTANT) JACQUES PAPIER~~

Chapitre Seize

PEUT-ÊTRE QUE PERSONNE NE DÉTESTE JACQUES PAPIER (PEUT-ÊTRE QUE PERSONNE NE SAIT QU'IL EXISTE)

Chapitre Dix-Sept

LA MARÉE MONTE

– Alors l'ami, on est de retour ? m'a lancé la cow-girl à roulettes.

Comme la dernière fois, elle est venue s'asseoir près de moi, sur une balançoire du parc.

– Je n'ai aucune envie de te parler. Si tu ne m'avais rien dit, je ne serais pas sorti de ma bienheureuse ignorance. Alors que là je remets tout en question. Je ne sais plus du tout où j'en suis. Mon existence est plus pathétique que celle d'un teckel !

J'avais conscience d'en faire un poil trop, mais ça me soulageait de m'en prendre à quelqu'un d'autre qu'à moi.

– C'est bon ? Tu as compris ce que tu es ?

– Mais j'ai mon lit, ai-je protesté. Ma place à table. Mon siège dans la voiture.

Cow-Girl s'est contentée de faire oui de la tête, laissant mes pensées fuser hors de ma tête comme des lucioles sortant d'un bocal, incandescentes de colère.

– Sur le frigo, il y a des dessins de moi. Bon, d'accord, Fleur m'a toujours aidé à les faire. Attends ! Tous les ans, j'ai droit à une fête d'anniversaire. Oui, c'est vrai, on est jumeaux, donc c'est aussi la fête de Fleur. Et on partage le même gâteau…

Là, j'ai eu besoin de placer ma tête entre mes jambes. Le souffle court, j'ai crié :

– Je suis en train de faire une crise cardiaque ! Appelez l'hôpital ! Appelez la police ! Qu'on m'apporte un défibrillateur !

Cow-Girl m'a gentiment frotté le dos pour me calmer.

– T'emballe pas, amigo. Respire. C'est pas si grave.

Visage cramoisi, j'ai hoqueté :

– Pas grave ? Hier, je me prenais pour un *garçon*. Et aujourd'hui, qu'est-ce que je suis ? Impalpable ? Intangible ? *Invisible ?*

– La vérité, m'a-t-elle répondu, c'est qu'imaginaire ou pas, on n'est invisible que si c'est ce qu'on croit.

– Eh bien, ai-je répliqué d'une petite voix, je me sens comme de l'air. Je me sens comme du vent. Comme si j'étais fait de sable et que la marée montait.

Chapitre Dix-Huit

DANS LEQUEL, MOI, JACQUES PAPIER, JE TRAVERSE UNE CRISE EXISTENTIELLE

J'avais l'impression d'avoir des bleus à l'âme.

O.K., soyons honnête, c'était beaucoup plus douloureux, bien plus sombre que des bleus. Je suis passé par des nuances de marine et d'indigo et de bleu nuit. J'étais tellement déprimé qu'à l'intérieur de moi il faisait sombre comme dans l'espace lointain, dans un feu de camp qui s'est éteint ou dans la narine d'un dragon tout au fond d'un donjon.

Je me suis alité. Je n'ai plus bougé. Je ne me suis pas lavé. Je n'ai même pas pris la peine de manger ni de boire ni de participer à la soirée origami de ma famille. Quel intérêt ? Les gens imaginaires ne peuvent réaliser que des cygnes imaginaires.

Fleur s'est fait du souci, bien sûr.

– Je me fiche de ce que pensent les autres, a-t-elle déclaré. Pour moi, tu existes.

– C'est bien beau, tout ça. Mais de quoi suis-je fait, Fleur ? De rien de palpable. Rien de visible.

– Il y a plein de choses qu'on ne peut ni voir ni toucher, a répliqué Fleur. La musique, les souhaits, la gravité. L'électricité, aussi ! Et les sentiments. Et le silence.

– Oh ! Mais c'est merveilleux ! Quelle joie : il n'y a plus de problème, alors ! Puisque toi, tu es faite de la même étoffe que les fleurs, la lune et les dinosaures. Et que moi, je suis comme la *gravité* ! Parfait. Prodigieux. Vraiment pas de quoi s'inquiéter !

Fleur m'a regardé en se mordant la lèvre inférieure, comme quand elle a peur, qu'elle est perplexe ou qu'elle va se mettre à pleurer.

– On devrait essayer de te remonter le moral, a-t-elle dit doucement. On pourrait réaliser une des choses de la liste de ce que tu veux faire avant de mourir.

Elle est allée ouvrir un tiroir du bureau pour prendre ma liste. Elle a parcouru le papier avant de lancer :

– Tiens ! On pourrait placer un scorpion ninja dans la gamelle de François.

J'ai lâché un grognement pour toute réponse, puis j'ai remonté la couverture sur ma tête.

– Ou bien on pourrait installer la niche de François dans un arbre pendant son sommeil et regarder sa tête quand il se réveille. Il y a aussi le numéro trois qui a l'air marrant : déguiser François en bébé et l'abandonner devant un orphelinat. Même si je ne sais pas bien où trouver des habits de bébé assez longs pour lui…

– Fleur ! Ça suffit, d'accord ! Il n'y a rien à faire. Je te dirais bien que j'ai le cœur brisé et qu'on ne pourra pas en recoller les morceaux, mais je ne peux pas.

– Pourquoi ?

– Parce que je ne suis même pas sûr que les créatures imaginaires aient un cœur.

Chapitre Dix-Neuf

LES PETITS PLATS, LES GRANDS, ET NOS VIES RIDICULES

J'ai essayé d'imaginer comment se briserait mon cœur imaginaire, si j'en avais vraiment un. Est-ce que ça ferait comme une boule à neige qui se mettrait à fuir lentement, ou comme un ballon qui éclate ? Comme le ruban de la ligne d'arrivée le lendemain d'une course, ou les aiguilles d'une horloge cassée qui ne peut plus donner l'heure ? Comme la corde rompue d'un banjo ou une clé brisée dans une serrure ?

Pour essayer de me changer les idées, j'ai espionné Fleur et nos parents dans la cuisine. Apparemment, Fleur aussi avait des problèmes. Elle parlait d'une drôle de voix, comme une acrobate qui porterait les mots en équilibre sur le bout de son nez par peur de les voir s'écraser au sol et éclater en mille morceaux à tout moment.

– Si Jacques est imaginaire mais qu'il ne le savait pas et qu'il vient tout juste de le découvrir, alors peut-être que *moi aussi* je suis imaginaire. Ou toi, Maman. Ou toi, Papa. Ou même nous tous. Les petits plats, les grands, le plafond, le ciel, le temps qu'il fait, l'herbe qui pousse et nos vies ridicules !

Fleur a ensuite montré François le teckel.

– Et ce chien, il est imaginaire, aussi ?

Elle s'est mise à quatre pattes et a collé son nez contre la truffe de François.

– Tu existes, toi ? lui a-t-elle crié. Allez, je t'écoute ! Réponds-moi !

On aurait dit que Fleur perdait la boule. Pour des bêtises. Sérieusement : qui aurait bien pu avoir l'idée d'inventer un truc aussi moche qu'un teckel ?

Ce soir-là, espérant nous remonter le moral, nos parents nous ont emmenés voir une comédie musicale très drôle. Mais, en plein milieu d'un numéro de french cancan assez comique avec des animaux exotiques, Fleur s'est levée de son siège, puis elle est montée sur la scène.

Notre mère a étouffé un cri.

– Je rêve ou c'est notre fille ? Mais qu'est-ce qui lui prend ?

– Comment veux-tu que je le sache ? a chuchoté notre père.

Fleur s'est plantée comme un arbre au beau milieu

de la scène, jambes écartées, bras croisés. Heureusement, en bons professionnels, les acteurs qui jouaient les hippopotames, les singes et les alligators savaient que le spectacle devait continuer. Ils ont donc fait comme si Fleur n'était pas là et ont dansé autour d'elle.

– Vous voyez bien que je suis imaginaire, a déclaré Fleur dans la voiture en rentrant à la maison. Je suis montée sur scène et personne ne s'en est rendu compte !

Notre mère a avalé deux cachets contre le mal de crâne. Puis elle a sévèrement averti Fleur :

– Tu n'as pas intérêt à recommencer !

Fleur a hoché la tête. Mais dès le lendemain notre père a dû quitter son travail après avoir reçu un coup de fil du zoo. Pendant que je regardais les caméléons se camoufler dans la galerie des reptiles, Fleur était descendue dans la fosse aux gorilles.

– Elle va bien ? ont aussitôt demandé nos parents en arrivant à l'accueil.

Emmitouflée dans une couverture, Fleur les attendait en sirotant un chocolat chaud.

– Si je vais bien ? Le gorille ne m'a même pas remarquée ! Si ce n'est pas la preuve que je suis invisible, ça ! a crié ma sœur avant de quitter la pièce avec fracas.

Le gardien du zoo a secoué la tête et a tendu des documents à signer à nos parents.

– Elle a eu de la chance, vous savez, leur a-t-il confié. Elle est entrée dans l'enclos de Pénélope qui est sourde et aveugle.

Chapitre Vingt

LA SIRÈNE ET LE CHEVAL

– Que font ces marionnettes à la maison ? a demandé Fleur. Pourquoi elles ne sont pas au magasin ?

– Eh bien… a commencé notre père. Notre manuel sur l'éducation des enfants dit qu'il est parfois utile de passer par des jouets pour mieux se parler.

– Parler de quoi ? s'est étonnée Fleur.

– Oh, de tout et de rien. De l'école, des loisirs, d'angoisses irrationnelles et obsessionnelles d'être imaginaire ou que ses proches le soient. Ce genre de choses.

Notre mère a levé les yeux au ciel. L'idée des marionnettes venait manifestement de notre père. Nous l'avons regardé s'armer d'un cheval avant de tendre une sirène à Fleur.

– Bonjour, a-t-il lancé de sa plus belle voix de cheval. Comment ça va ? Comment te sens-tu aujourd'hui ?

À contrecœur, Fleur a enfilé la sirène sur sa main.

– Ça va. Aujourd'hui, j'ai exploré une épave de bateau où j'ai rencontré un poisson qui vit dans une

théière. J'ai fait un vœu en voyant une étoile de mer filante. J'ai écrit une lettre à l'encre de seiche.

– Euh, non, l'a interrompue notre père en reprenant sa voix paternelle. Il ne faut pas que tu fasses semblant d'être la sirène. Tu restes toi, Fleur. La marionnette n'est que… euh… Attends !

Il a ôté le cheval de sa main pour mieux feuilleter le fameux manuel d'éducation, en diagonale et en marmonnant.

– Oh, c'est pas vrai ! a soupiré notre mère.

Elle s'est agenouillée devant Fleur pour la fixer droit dans les yeux.

– Ma chérie, nous t'avons pris rendez-vous chez un psychiatre. On va t'accompagner. Il n'y aura ni examens ni piqûres. Tout ce que tu auras à faire, c'est parler.

Fleur a pris le temps de réfléchir.

– Est-ce que Jacques peut venir ?

– Bien sûr, a répondu notre mère en serrant les dents. Je suis sûre que le docteur sera enchanté de faire sa connaissance.

– Est-ce qu'il peut emmener son ami imaginaire ? a ajouté Fleur. Le Grand Dragon-Hareng.

Notre mère a fermé les yeux.

– O.K. D'accord. Peu importe. Je vais aller m'allonger un instant.

– Bien. Mais, à mon avis, c'est une perte de temps, a prévenu Fleur. C'est vrai, on a quand même déjà pas mal de preuves convaincantes que je suis imaginaire. D'ailleurs, je parie...

Fleur a attrapé une poêle à frire à l'aide de sa marionnette.

– Je parie, a-t-elle repris, que si cette sirène me flanquait un coup sur la tête avec cette poêle, je ne le sentirais même pas. Vous êtes prêts ?

Notre père était absorbé par son livre et notre mère avait fermé les yeux.

– À la une, a commencé Fleur. À la deux... À la trois...

Chapitre Vingt et Un

M. MINABLE

Et voilà comment on a fini aux urgences.

Le lendemain, toute la famille – moi compris – a fait le voyage jusqu'au cabinet du psychiatre.

Le Dr Stéphane est un spécialiste des enfants qui ont des amis imaginaires. Je m'étais promis d'exiger ses références. Mais je n'en ai pas eu l'occasion : quand le docteur a appelé Fleur, il a eu le culot de me demander de rester dans la salle d'attente !

Fleur est donc entrée sans moi dans son cabinet. Un super-héros à lunettes et aux bras comme des spaghettis me dévisageait.

– C'est la première fois que tu viens ? m'a-t-il demandé.

Il était assis à côté d'un petit garçon nerveux qui s'accrochait à sa cape comme à un doudou.

– Je me présente : M. Minable, héros-pas-tout-à-fait-assez-super-pour-être-un-super-héros. Je suis l'ami imaginaire d'Arnold, mon acolyte.

M. Minable m'a indiqué le garçon près de lui. Celui-ci a marmonné quelques mots incompréhensibles. Le héros a traduit :

– Arnold se demande ce que la fille que tu accompagnes vient faire ici.

– C'est ma sœur, en fait. Et nous sommes là parce qu'elle est persuadée qu'elle aussi, elle est imaginaire... Ah, et puis, il n'y a pas longtemps, elle est montée sur scène pendant une comédie musicale, elle a sauté dans la fosse d'un gorille et elle s'est assommée en se mettant un bon coup de poêle à frire sur la tête.

– Je comprends, a répondu M. Minable. Nous avons commencé à venir parce qu'Arnold ne se trouvait pas assez courageux et qu'il a voulu essayer de voler comme moi en se jetant du toit du garage. Comme le dit le génial Dr Stéphane : « Parfois, les problèmes imaginaires sont plus difficiles à supporter que les vrais. »

Je me suis mis à observer les autres amis imaginaires dans la salle d'attente. C'étaient les

premiers que je rencontrais depuis la cow-girl à roulettes. Il y avait une espèce d'énorme forme informe et poilue qui lisait un magazine avec une petite fille, un ninja qui répétait des enchaînements avec un petit garçon, ainsi qu'un ami imaginaire – du moins, je pense – qui ressemblait à une chaussette rouge. Il était assis un peu à l'écart, avec un garçon très sale et des parents très propres, et visiblement très tendus.

Je me suis penché vers la chaussette. Elle sentait le vieux chat ou les pieds d'ogre. La bave de limace ou l'haleine de poisson pas frais.

– Psst ! Tu es… une chaussette imaginaire ? ai-je demandé.

– Pourquoi ? a lancé la chaussette en levant les yeux au ciel. J'ai une tête de sandwich au pâté ?

– Qu'est-ce que tu fais ici ?

L'infecte chaussette a eu l'air étonnée.

– Tu veux vraiment connaître mon histoire ?

– Oui. Bien sûr.

Et c'est ainsi que, de son siège nauséabond, Chaussette-Qui-Pue m'a raconté sa brève mais pestilentielle histoire.

Chapitre Vingt-Deux

LA BRÈVE MAIS PESTILENTIELLE HISTOIRE DE CHAUSSETTE-QUI-PUE

Très fière, la chaussette s'est présentée :

– Je suis l'ami imaginaire du petit garçon le plus désordonné au monde. Qui est malheureusement le fils des parents les plus maniaques au monde.

« Maniaques... tu n'as pas idée. Sa mère ne se contente pas de chasser les moutons de poussière. Elle les *traque*. Elle les *extermine*. Et son père ? Il exige qu'on ne serve que de la nourriture assortie à la garde-robe de la famille. Verte le lundi. Rouge le mercredi. Et, le pire : l'écœurant dimanche marron. Niveau musique, on n'a droit qu'aux marches militaires, jamais d'airs entraînants à contretemps ni de solos de batterie surprenants qui partent dans tous les sens. Leur fils, mon ami, passe son temps à mettre le bazar et à se faire crier dessus. Tu sais, des fois je me dis que c'est pour ça qu'on s'entend aussi bien.

« Depuis qu'on s'est rencontrés, rien ne peut plus

nous arrêter. On fait du bazar comme tu n'en as encore jamais vu, dégoûtant, puant avec plein d'ordures, du bazar caché sous la table de la salle à manger, enfoui dans le linge propre ou même au fond du sac à main de sa mère.

« "Mais qu'est-ce que c'est que cette *odeur* ? crient toujours ses parents. Ça sent les rots de baleine, les miettes de moustache. Les rêves rassis et la bouillie de lait rance. Ça sent… les *chaussettes sales* !"

« Le petit gars et moi, ça nous fait bien rigoler. Parce que j'ai beau être invisible, tout le monde peut sentir le bazar que je laisse avec lui.

« Hélas, c'est justement à cause de nos combines qui schmoutent que nous avons fini par être séparés. Maniaques comme ils sont, ses parents ne pouvaient plus supporter de vivre dans une maison hantée par les fantômes de ces odeurs. Alors ils ont pris leurs affaires et leur fils et ils se sont enfuis si vite en voiture que je me suis retrouvé tout seul, abandonné. Planté là, dans la maison qui pue, sur la porte de laquelle on avait cloué un écriteau : “Maison condamnée”. Et mon petit gars ? Tout triste, il me faisait des signes par la lunette arrière de la voiture la mieux lustrée au monde.

« Ils ont cru que j'avais disparu, ces parents, et ils étaient fous de joie. Dans leur nouvelle demeure, on aurait pu manger des caramels mous à même le sol sans avaler le moindre grain de poussière. Mais, un beau jour, j'ai fini par les retrouver. J'ai réussi. Ça m'a pris des mois, mais j'étais de retour, plus puant que jamais après un si long voyage. Et c'est ainsi, vois-tu, que nous avons tous atterri ici, chez le psychiatre : un garçon, sa chaussette imaginaire, et deux parents obsédés par l'hygiène, et à bout de nerfs.

Chapitre Vingt-Trois

UNE INVITATION

En allant chercher un magazine posé sur une étagère, j'ai surpris des bribes de conversation entre Fleur et le Dr Stéphane à travers la porte. Est-ce que c'était mal de ma part d'écouter ? Oui. C'était à la fois malhonnête et intrusif. Comme lire le journal intime de quelqu'un, fouiller dans son linge sale ou manger ses ordures (limite que dépassait allègrement François). Est-ce que j'ai quand même collé mon oreille à la porte pour épier la conversation ?

Qu'est-ce que vous croyez !

– Et si tu me décrivais Jacques, Fleur ? a fait la voix du (prétendu) professionnel de médecine, le Dr Stéphane.

– Par où commencer ? a hésité Fleur. Il sait dessiner plein de sortes de dragons. Il tape près de douze mots à la minute. Il connaît le nom des animaux domestiques de tous les présidents des États-Unis. Il n'a jamais eu le hoquet. Il m'a appris comment m'allonger à plat ventre sur la pelouse en collant mon nez dans l'herbe pour mieux regarder autour de moi. C'est comme observer une autre planète couverte d'insectes extraterrestres et d'odeurs bizarres.

Fleur s'est arrêtée un instant, avant de poursuivre :

– Et puis Jacques n'a pas vraiment d'amis à part moi. Ça ne doit pas être facile pour lui.

– Est-ce que c'est pour ça que tu as eu envie d'être imaginaire, toi aussi ? a demandé le Dr Stéphane. Pour que Jacques se sente moins seul ?

Je me suis éloigné de la porte. La réponse à cette question, j'étais quasi sûr de la connaître.

– Hé, le nouveau ! a lancé M. Minable. Ça te dirait de faire partie de notre groupe ?

– Quel groupe ?

– Ça s'appelle les Imaginaires Anonymes, m'a-t-il répondu.

– Les Imaginaires Anonymes... C'est pas un peu redondant ?

– C'est un groupe de soutien, a expliqué Chaussette-Qui-Pue. Pour les amis imaginaires en détresse. Parfois, ça fait du bien d'être entouré d'autres machins comme nous.

Je n'avais encore jamais vraiment fréquenté d'êtres comme moi, qui ne pouvaient être ni vus ni entendus, en tout cas pas au sens traditionnel. Peut-être qu'ils pourraient me comprendre. Hé, après tout, même les feuilles mortes se blottissent ensemble sous la couverture de neige de l'hiver. Même les ombres se rassemblent, à l'aube, dans les coins, ou au fond des tiroirs.

J'ai accepté la proposition :

– D'accord. Où est-ce qu'on se retrouve ?

Chapitre Vingt-Quatre
LES IMAGINAIRES ANONYMES

« Imaginaire ou pas,
je ne suis invisible que si c'est ce que je crois. »

Peu après, j'assistais à ma première séance dans une petite cabane rose au fond d'un jardin, parmi tout un assortiment d'amis imaginaires assis en cercle qui se tenaient la main en répétant le mantra des Imaginaires Anonymes.

– Qui a envie de parler ? a demandé Chaussette-Qui-Pue.

Un Imaginaire géant a timidement levé la main.

– Bonjour. Je m'appelle Le Grand Tout... Ça fait à peu près deux ans que je suis imaginaire.

– Bonjour, Le Grand Tout, a dit le groupe en chœur.

Le Grand Tout portait parfaitement son nom : il était fait de boutons et de vieilles chaussures, d'un cerf-volant, d'une peau de banane et d'un peu de tout.

– J'ai compris que j'étais imaginaire l'année dernière,

a continué Le Grand Tout. Quand j'ai été accusé d'avoir rasé les poils du chat de la famille. Mon meilleur ami a dit que c'était de ma faute : ça ne me dérangeait pas, vu que je ne pouvais pas être puni, alors que lui, si. Mais ses parents étaient furieux et ils ont dit que ce n'était pas à cause de moi que Monsieur Chatouille se retrouvait tout nu, parce que j'étais imaginaire et que les choses imaginaires ne peuvent pas tondre les chats.

– Et qu'est-ce que tu as ressenti à ce moment-là ? lui a demandé Chaussette-Qui-Pue.

– Ça m'a blessé. Et attristé. Comme si je ne contrôlais pas mon destin. Je n'avais pas particulièrement envie de raser des chats, hein. Mais j'aurais aimé avoir le choix de le faire ou pas. Vous comprenez ?

Tout le monde a fait oui de la tête. Parmi les Imaginaires présents à la réunion, il y avait un oiseau orange et gras avec une tête d'hippopotame, un monstre poilu violet aux ailes minuscules sur le dos, mais aussi une sombre silhouette dissimulée dans un coin, M. Minable et, pour mon plus grand plaisir, la cow-girl à roulettes. Elle m'a salué avec un grand sourire.

– On dirait bien que nos chemins se croisent à nouveau, l'ami. Je vois que tu as fini par patiner jusqu'à la vérité, sans passer par la case défibrillateur.

Puis elle s'est tournée vers le reste du groupe.

– Je m'appelle Cow-Girl et je crois bien que j'ai toujours été imaginaire. En ce moment, je pense beaucoup à, eh bien… à la fin.

Un murmure a parcouru l'assemblée.

– Elle grandit, a repris Cow-Girl. La petite fille avec laquelle je vis. Avant, on faisait semblant de parcourir toute la planète en patins à roulettes. Et on était hyper fortes. On traversait des champs de fleurs jaunes et on cueillait des bouquets sans même s'arrêter. On gravissait des volcans et on descendait jusqu'au fond de l'océan où on parcourait des kilomètres à travers des canyons et des forêts d'algues, dont on ressortait en filant sur le dos d'une baleine. Mais les choses ont changé. On a commencé par patiner moins souvent. Puis plus du tout. Hier, sa mère a ramassé tout un tas de vieux jouets pour les donner et elle lui a demandé :

« Ma chérie, tu veux garder ces patins ? Ça fait un moment que tu ne t'en sers plus. »

Et ma petite cow-girl à moi a répondu :

« Non, j'ai passé l'âge. »

Et elle les a jetés !

Et *paf!* voilà comment notre tour du monde s'est terminé.

Chapitre Vingt-Cinq
LA LUMIÈRE DE LA LUNE

– Comme certains d'entre vous l'ont sans doute remarqué, il y a un nouveau venu parmi nous, a déclaré Chaussette-Qui-Pue. Il s'appelle Jacques Papier. Jacques, est-ce que tu veux bien nous raconter pourquoi tu es ici ce soir ?

– Eh bien... Je ne suis pas vraiment là, justement, ai-je expliqué. C'est pour ça que je suis... là.

– Wouah, a commenté Le Grand Tout. Profond !

– En fait, ai-je repris, je me demande pourquoi j'existe. J'ai passé les huit années de ma vie à penser que j'étais un vrai petit garçon. Et puis j'ai découvert la vérité. J'ai pris le temps d'y réfléchir et j'ai compris que je n'avais pas envie d'être le frère imaginaire de quelqu'un. Je crois que je veux exister pour de vrai.

Le Grand Tout s'est penché vers moi pour me tapoter la main.

– Ce n'est pas parce que tu n'es pas « vrai » que tu n'est pas *vrai*.

Sur sa poitrine de géant, il a montré là où se serait trouvé son cœur s'il en avait eu un. Sauf qu'à la place il y avait une vieille brique de lait.

– C'est un peu comme la terre et la lune, ai-je développé. La lumière de la lune est une illusion. Elle ne fait que refléter la lumière du soleil en la réfléchissant comme un miroir. Nous, nous sommes comme la lune : sans ceux qui nous ont imaginés, il n'y a plus que l'obscurité. C'est ça que vous voulez ? Pas moi. Je veux plus que ça. Je veux être libre.

Chapitre Vingt-Six

LE GRAND MÉCHANT FLOU

Après la réunion, je suis resté seul dans un coin à grignoter un vieux cookie et à boire un verre de jus de raisin, en essayant de digérer ce que j'avais entendu, et peut-être surtout ce que j'avais dit moi-même. J'étais tellement perdu dans mes pensées que j'ai à peine remarqué le nuage de tempête qui m'a plongé dans l'ombre. C'est alors qu'une voix qui grinçait comme une bicyclette rouillée a retenti près de moi :

– Salutations !

J'ai levé la tête. J'ai essayé d'avaler mon biscuit, mais ma gorge s'est desséchée d'un coup et j'ai toussé, postillonnant des miettes sur la sombre silhouette devant moi. L'inquiétant inconnu les a chassées d'un revers de la main, sans cacher son mépris.

– Je suis le Grand Méchant Flou, a-t-il déclaré.

J'ai alors remarqué que la voix de bicyclette rouillée avait également un drôle d'accent.

Difficile de décrire le Grand Méchant Flou. Pas

seulement parce que je manque de mots, mais aussi parce qu'il n'est pas précisément quelque chose.

Son corps était tantôt net, tantôt flou, comme une masse de fumée. L'espace d'un instant, on distinguait des verrues qui ressemblaient à des petites pommes pourries, puis il se métamorphosait et on voyait des araignées surgir de ses oreilles.

D'un coup, on aurait dit que les poils de son nez abritaient des limaces, de la bave et des escargots, mais il se transformait à nouveau et se retrouvait avec des yeux comme des gueules ouvertes, des dents en bec de corbeau au-dessus d'une barbe en nuages d'orage.

J'avais du mal à envisager que quelqu'un ait volontairement imaginé cette créature. À côté de lui, François le Teckel Maléfique est à peu près aussi effrayant qu'un bol de soupe vichyssoise. Alors je lui ai demandé :

– Qu'est-ce que tu es ? Tu es vraiment l'ami imaginaire de quelqu'un ?

– Tu sais très bien qui je suis, m'a répondu le Grand Méchant Flou en approchant son visage un peu trop près du mien, me mettant très mal à l'aise. Je suis le monstre du placard. Certains me nomment la Créature-Sous-Le-Lit. D'autres la-Chose-Qui-Fait-Crrrac-Dans-La-Nuit. Mais, en réalité, je ne suis pas un mauvais bougre. Que l'on m'ait imaginé comme ça ne relève point de ma faute.

– Tu viens de dire « mauvais bougre » ?

Nerveux, il a brusquement changé de voix :

– Pourquoi ? Je n'aurais pas dû ?

– Tu t'es fabriqué un drôle d'accent et tu parles comme un vieux livre !

– Ça se pourrait… a reconnu le Grand Méchant Flou. Je pensais que ça me rendrait plus inquiétant.

– C'est vrai que ça fait peur, ai-je répliqué. Tellement c'est nul !

Après, on est restés un moment à se regarder sans rien dire. J'ai fini par lâcher :

– Oh, tu as vu l'heure ? Eh bien, j'ai été ravi de papoter avec toi, mais il faut que je file : j'ai laissé un truc sur le feu…

De l'une de ses sombres pattes, le Grand Méchant Flou m'a barré le passage.

– Pendant la réunion, j'ai cru comprendre que tu étais à la recherche de quelque chose. Quelque chose que les gentils membres naïfs de ce groupe ne pourront jamais t'offrir.

– Et toi, tu le pourrais ?

Il m'a écrasé son doigt sur le nez, me faisant frissonner de haut en bas.

– Oui. Moi, je sais comment devenir vrai. Je connais le secret de la liberté. Et je suis prêt à te le livrer, mais c'est pas donné.

– Je n'ai pas vraiment de quoi payer, ai-je expliqué. Ni argent de poche, ni travail...

– Et ça ? a-t-il demandé en montrant ma poche.

J'en ai sorti la boussole que Maurice le Magnifique avait donnée à Fleur. Comme elle était cassée, je la lui ai cédée.

Fais-toi plaisir, ai-je pensé. *Et maintenant, espèce de tordu, raconte-moi tout ça avant que je meure d'une attaque de chocottes.*

Et c'est ce que le Grand Méchant Flou a fait. Il s'est penché pour me murmurer à l'oreille son secret enrobé de toiles d'araignée.

Chapitre Vingt-Sept
UNE CARTE DE MOI

Ce soir-là, quand Fleur m'a enfin retrouvé, j'étais assis sur le plancher de notre chambre, avec des crayons de cire plein les genoux, comme des vermicelles de couleur démesurés sur une glace au Jacques Papier.

– Qu'est-ce tu dessines, Jacques ?

Par terre, j'avais étalé la Carte de Nous. J'y avais ajouté une île, un peu au large de la côte. Elle n'était pas trop grande, mais pas trop petite non plus, et elle avait quelque chose de génial.

– J'ai compris que j'avais besoin d'une île à moi, ai-je expliqué. Une île du Je, en quelque sorte. Une île de Moi.

– Mais il n'y a rien dessus, a rétorqué Fleur.

Elle n'avait pas tort.

– C'est parce que je ne sais pas encore comment c'est, là-bas. Je distingue quelques trucs dans l'ombre, mais rien de très précis. C'est ce qu'il y a de bien avec mon île. Tout y est possible. Si ça se trouve, il y a même des Dragons-Harengs. Et de la poussière d'étoiles et des milk-shakes au nuage et du rôti de veau.

– Comment tu vas y aller ? Ce n'est pas facile de se rendre sur une île. Il faut un bateau, un avion ou un sous-marin.

– Il existe un autre moyen. Le Grand Méchant Flou m'a confié comment devenir libre.

Fleur a fait la moue.

– Je ne sais même pas qui c'est, celui-là ! Et pourquoi tu dis que tu n'es pas libre, d'abord ?

Fleur soulevait là une véritable question philosophique, à laquelle j'avais mûrement et longuement réfléchi.

– C'est un peu comme si j'étais un génie et que tu étais ma lampe. Ou une bernique accrochée à sa baleine, un personnage de ton roman, la marée soumise à ta lune. Je suis ta marionnette. Je ne suis rien de plus qu'un spécimen du Musée imaginaire de Fleur.

– Mais je ne te vois pas du tout comme ça, moi, a-t-elle protesté.

– Je sais. Parce que tu es la meilleure sœur au monde. Mais moi, je ne suis pas le meilleur frère. Je ne suis qu'une partie de toi. Et tous les jours, autour de moi, au cinéma comme à l'épicerie, je vois des gens avec leur propre histoire exaltante qui tourbillonne autour d'eux, emplie de leurs rêves, de leurs espoirs, peurs, allergies et phobies bizarres. Et moi, je n'ai rien de tout ça.

– Oh… Tu aimerais que je t'imagine autrement ? a demandé Fleur.

– À vrai dire, ai-je répondu doucement, le Grand Méchant Flou m'a donné les ciseaux avec lesquels j'aimerais que tu coupes mes fils. Je veux que tu me libères.

– Mais comment ?

Et c'est ainsi que j'ai révélé à Fleur le secret du Grand Méchant Flou.

Chapitre Vingt-Huit

LISTE DE CE QUE MOI, JACQUES PAPIER, JE FERAIS SI J'ÉTAIS LIBRE

Je naviguerais sur les flots comme un pirate : mon navire serait une tortue de mer à voile et mon équipage serait composé d'espadons et de marlins.

J'entrerais dans une troupe de cirque et je mangerais de la barbe à papa à chaque repas. J'apprendrais au lion à sauter à travers un cerceau enflammé, puis je sauterais à mon tour et ferais roussir un peu plus mes taches de rousseur.

J'apprendrais le grec et le latin, et au moins trois langues de mon invention.

Je volerais autour du monde et je bâtirais des châteaux de glace avec des lumières qui s'allument la nuit pour que tout le monde puisse rentrer chez soi.

Je deviendrais un célèbre chef pâtissier, spécialisé dans les pâtés de boue, les chouquettes de pissenlit et les gâteaux au lichen.

Je verrais les gens même quand ils sont invisibles.

Je ferais le tour du monde à pied.

Et je laisserais pousser mes cheveux.

Et les oiseaux nicheraient dans ma barbe.

Et j'aurais des cicatrices.

Et des petites rides autour des yeux à force de sourire.

J'aurais des anniversaires.

Et je vieillirais.

Et je fêterais chaque saison.

Je serais enfin vivant, avec un grand V.

Chapitre Vingt-Neuf

L'AMI MET LES BOUTS

C'est près du parc que j'ai trouvé la cow-girl à roulettes, en collants. Accroupie, un patin dans chaque main, elle les faisait vrombir sur le trottoir comme des petites voitures qui feraient la course, les poussant tristement de traviole.

– *Yee-ha*... disait-elle sans enthousiasme. Allez, hue !

– Salut. Où est ta petite fille ? lui ai-je demandé.

Elle a haussé les épaules en rougissant.

– Oh, elle est allée dormir chez une copine qui organisait un truc-avec-tous-les-enfants-cool-du-genre-action-ou-vérité. Alors je suis restée là. Rien de bien grave.

– Je vois, je vois... Mais laisse-moi raconter ce qui m'arrive, à *moi*. Je me suis lancé dans une grande introspection en me posant des questions comme : « Qui est Jacques Papier ? Qu'est Jacques Papier ? Que veut Jacques Papier ? De quoi Jacques Papier a-t-il besoin ? Comment rendre Jacques Papier heureux ? »

– Wouah ! a lâché la cow-girl.

– Oui, je sais, c'est profond, tout ça.

– Non, je voulais dire : « Wouah, ça fait beaucoup de *Jacques Papier* dans ces questions, dis donc ! »

– Bref, j'ai pris ma décision. Je vais partir chercher les réponses à ces questions.

– Attends ! Avant que tu mettes les bouts, l'ami, il faut absolument que tu saches quelque chose de très important...

D'un geste, je lui ai fait signe de se taire.

– Silence ! Je ne tiens pas à entendre pourquoi tu veux me retenir. Je suis juste venu te dire au revoir. Et merci. Tu es la seule à avoir pris le soin de me dire la vérité.

– Attends... Juste une seconde...

Mais le reste de ses paroles s'est envolé derrière moi. Comme une boule d'herbes sèches poussée par le vent, j'étais déjà loin.

Chapitre Trente

PETITES CHOSES

Après avoir beaucoup réfléchi au secret du Grand Méchant Flou, Fleur m'a rejoint pendant que je lisais un livre à la lumière du porche. À sa tête, j'ai tout de suite compris qu'elle était sur le point de prendre sa décision.

– Si j'accepte, qu'est-ce qui va t'arriver? m'a-t-elle demandé. Est-ce que tu vas disparaître, ou te transformer, ou encore pire?

– Je ne sais pas trop, ai-je avoué.

C'était la vérité. J'aimais les mots « libre » et « vrai », mais ils ne suffisaient pas à expliquer tout ce qui m'attendait.

– Peut-être, ai-je repris, que je pourrai faire ce que je veux quand ça me chante, comme toi.

– Je n'ai pas le droit de faire tout ce qui me plaît, m'a répondu Fleur. Là, tout de suite, par exemple. Je n'ai pas envie que ça change. Mais ça change quand même. Et ça changera encore. Et si tu m'oubliais pour de bon? Si tu ne revenais jamais?

– Ça n'arrivera pas, ai-je promis. Je ne t'oublierai jamais. Je reviendrai.

J'ai montré son cœur.

– Tu sais ce qu'il y a, là-dedans ? Un petit arbre de la taille d'une brindille, avec un *J* et un *F* gravés sur le tronc.

– Comme une maladie, tu veux dire ? s'est étonnée Fleur.

Ça m'a fait rigoler.

– C'était une image. Il y a aussi deux petits lits superposés, faits d'allumettes et de ficelle. Et un François de la taille d'une puce. Et toutes nos marionnettes, nos petits déjeuners de pancakes, et nos cachettes, nos secrets, nos ronflements…

– Je ne ronfle pas, a protesté Fleur.

Mais elle souriait. Elle avait toujours aimé les petites choses merveilleuses, comme le mobilier de maison de poupée, les trous de souris ou rendre des petits services en secret.

L'idée de revenir me plaisait, même si je n'étais pas sûr que ce serait possible. Le Grand Méchant Flou ne m'avait pas précisé ce qui allait m'arriver ; il m'avait simplement expliqué comment être libre. Après ça, la vie m'apparaissait comme une porte close qu'il fallait ouvrir pour découvrir une partie de la carte que je n'avais encore jamais explorée.

J'ai serré la main de Fleur. Elle m'a fait un petit sourire triste et j'ai fermé les yeux.

– Je suis prêt.

J'ai senti qu'elle fermait les yeux, elle aussi.

Puis elle a réalisé cette petite chose merveilleuse : imaginer de toutes ses forces que j'étais libre.

Chapitre Trente et Un

METTRE LES VOILES

Il était une fois un petit garçon qui n'existait pas vraiment. Il habitait une maison où tout était possible et où tout attendait d'être découvert. Une haie était un château. Un bâton, une épée. Les graines de pissenlit, l'ingrédient essentiel de la magie.

Il était une fois un petit garçon qui avait une sœur qui était aussi sa meilleure amie. Ils dessinaient ensemble des cartes infinies – il était le capitaine de la forêt et elle, la navigatrice. Ils inventaient des chansons sur les oiseaux qui volent à l'envers, les messages perdus dans les bouteilles, les chenilles qui rêvent de devenir papillons. À la lumière étincelante d'une fin d'été, ils avaient gravé deux initiales, un J et un F, sur le tronc d'un arbre. Ils recueillaient la magie au creux de leurs petites mains, tombaient de fatigue en rentrant chez eux chaque soir et s'endormaient, des brins d'herbe plein les cheveux.

Le petit garçon aurait aimé être quelqu'un d'autre, mais qui, il ne le savait pas. Un pirate, peut-être, ou un clown, un magicien. Il espérait que la liberté le façonnerait à l'image de ce qu'il aurait dû être.

Il était une fois un petit garçon qui n'existait pas vraiment. Sauf aux yeux d'une personne – une petite fille. Et quand il est parti pour être libre, c'est parce qu'elle le lui a permis. Le petit garçon lui a promis de ne jamais l'oublier – pas parce qu'il était particulièrement têtu ni parce qu'il se sentait vite coupable. Juste parce qu'il savait que c'était tout simplement impossible. Même quand l'hiver s'installerait et que le manque de lumière risquerait de tout effacer, il se souviendrait d'elle. Et quand les feuilles noirciraient sous la neige et que les initiales s'estomperaient au fil des ans. Même quand ces initiales seraient devenues presque invisibles et que l'arbre aurait été abattu pour bâtir un navire, il se souviendrait d'elle.

Il était une fois un petit garçon qui avait mis les voiles, sans savoir ce que lui réservait l'avenir sur ces sombres eaux inconnues.

Chapitre Trente-Deux

NOIR

En rouvrant les yeux, j'ai découvert que j'étais plongé dans le noir.

Je me suis aussitôt demandé :

Est-ce qu'une créature imaginaire peut mourir ?

Suis-je dans le coma ?

Alors c'est à ça que ça ressemble, exister pour de vrai ?

Dans le noir, j'ai cru entendre Fleur appeler mon nom. Mais sa voix m'a paru lointaine, très lointaine, comme un écho, et elle s'est affaiblie jusqu'à ce que je ne distingue plus rien. J'ai fermé les yeux, les ai rouverts, mais j'étais toujours dans l'obscurité. Des heures se sont écoulées. En tout cas, c'est ce qu'il m'a semblé : pas moyen de vérifier. Peut-être que ça a duré des jours. Des semaines. Ou des mois. Si ça se trouve, j'avais passé toute une vie là, au cœur du noir le plus noir.

Le pire, c'est que je n'avais rien d'autre à faire que de penser. Et de me souvenir.

Alors j'ai pensé à notre maison. C'est drôle, les

maisons, la façon dont on mémorise chaque latte de parquet qui grince, chaque trait de crayon sur le mur pour mesurer la taille, jusqu'à ce que tout ça fasse partie de soi sans même qu'on s'en aperçoive. Je suis sûr que si j'étais à la maison, même dans l'obscurité la plus complète, je retrouverais sans problème le moindre interrupteur pour faire revenir la lumière.

J'ai pensé à François. À sa façon de grogner, de mordre, et à la douceur de ses souples oreilles quand je profitais de ce qu'il ronfle pour le caresser discrètement. C'est fou, quand même, les animaux domestiques. Même les pires d'entre eux arrivent à se faufiler jusque dans votre cœur, s'installent sur un coussin bien au chaud dans un rayon de soleil, pour ne plus jamais vous quitter.

J'ai songé à la manière dont la distance modifie les sons – le vrombissement de la tondeuse de mon père en été, le tic-tac des pendules, le grésillement des poêles, le cliquètement des cuillères dans la cuisine. Je me suis remémoré les voix de mes parents s'élevant à travers les interstices du plancher, comme une station de radio qu'on aurait du mal à capter. J'arrivais à deviner s'ils étaient inquiets ou heureux rien qu'à leur ton. Pour moi, le bruit entourait notre maison d'un champ de force protecteur : je m'y sentais toujours en sécurité.

Et, surtout, je me suis rappelé la lumière. J'ai revu le clair de lune dans notre chambre, les silhouettes du mobilier assoupi et les ombres chinoises qu'on faisait sur le mur. La lueur jaune paille des après-midi d'automne après l'école. Les ombres que créaient les rideaux qu'avait cousus ma mère et qui dessinaient comme un labyrinthe ou un casse-tête à résoudre. L'éclat des yeux de Fleur, de la couleur d'un étang, striés de bleu et de vert, où on s'attend toujours à voir un poisson monter à la surface et jaillir hors de l'eau. Est-ce que vous avez remarqué comment le regard de quelqu'un s'allume quand il évoque ce qu'il aime ? Celui de Fleur s'éclairait ainsi quand elle parlait de moi.

J'ai songé à la lumière.

Qui m'a manqué.

Que j'ai espérée.

Jusqu'à ce qu'un jour, enfin, elle revienne.

Chapitre Trente-Trois

LIBERTÉ ?

Enfin ! ai-je pensé. *La liberté !*

Je sentais le soleil sur mon visage, le vent dans mes cheveux. (Soyons exact : ce n'était pas tout à fait la liberté, vu que j'étais ligoté à un arbre avec une grosse corde.)

– Hum, bonjour ?

– Qui t'a demandé de parler ! a aboyé une voix que je ne connaissais pas.

Ça, c'est bon signe ! me suis-je dit. *Quelqu'un m'entend ! Jusque-là, il n'y avait que Fleur. J'ai dû devenir vrai !*

Mais je prenais mes rêves pour la réalité...

Un garçon pas plus vieux que moi, armé d'un bout de bois qu'il brandissait comme une épée, a surgi de derrière l'arbre.

– Je suis le héros, a-t-il déclaré. Et toi, tu es mon prisonnier.

– Bien le bonjour à toi aussi, ai-je répondu. Pourrais-tu me dire comment je suis arrivé là ?

– Sans doute comme passager clandestin sur un navire, après avoir volé un trésor.

– Tu n'as pas compris : je ne veux pas savoir comment mon personnage est arrivé là, dans ta petite histoire imaginaire. Je voulais dire, comment moi, Jacques Papier, je me suis retrouvé ici, dans la vraie vie ?

– Hé ! Tu n'as pas le droit de parler sans mon autorisation, a protesté le garçon en retrouvant une voix normale d'enfant de huit ans, légèrement fâché. C'est moi qui t'ai imaginé.

Puis il m'a asséné un choc plus violent que n'importe quel coup d'épée en bois.

– Toi, m'a-t-il expliqué, tu es mon nouvel ami imaginaire.

Chapitre Trente-Quatre

LES BANDITS BAM-BAM

Il semblait donc qu'il y ait eu une terrible erreur : je n'avais été libéré par Fleur que pour me retrouver imaginé par quelqu'un d'autre. Et ce quelqu'un en question était un individu complètement cinglé du nom de Pierre.

Le lundi, Pierre a décrété que nous étions pilleurs de banque. Il m'avait d'abord imaginé comme cheval, mais j'ai tellement protesté après m'être retrouvé changé en canasson qu'il a fini par accepter que moi aussi je joue les hors-la-loi, avec tout l'attirail : bottes en peau de serpent aux pieds et foulard sur le visage. Le seul problème, c'est qu'au moment où on est entrés dans la banque pour la dévaliser l'employée de l'accueil a trouvé Pierre « vraiment trognon » (ce n'est pas moi qui le dis, on est d'accord) et lui a tendu une sucette. Pierre en a profité pour s'emparer du bocal entier, avant de quitter les lieux

à toute allure en poussant des cris, agitant ses doigts en l'air comme des revolvers.

Mis à part notre « casse du siècle », je ne pense pas que les Bandits Bam-Bam feront la une des journaux.

Le mardi, Pierre a déclaré que nous étions pilotes et il nous a imaginés dans des combinaisons de vol ringardes, assorties jusqu'aux casques. Puis il a décidé que notre avion tombait en piqué et qu'il fallait s'éjecter avant qu'il s'écrase. À part que notre avion était un arbre et que Pierre-le-génie avait oublié de nous inventer des parachutes : on s'est retrouvés avec des bandages assortis sur la tête.

Le mercredi, Pierre a inventé que nous étions gardiens de zoo. Nous avons passé une demi-journée à suivre la trace d'un tigre qui s'était évadé. Il s'agissait en fait d'un chat de gouttière du voisinage particulièrement agressif. Et laissez-moi vous dire que le pistolet à eau de Pierre n'a rien fait pour tranquilliser cet animal sauvage. Bien entendu, Pierre a esquivé la réaction de rejet féline, mais ce bon vieux copain a cru bon imaginer que j'étais moins chanceux. J'ai eu le corps entièrement recouvert de griffures, sauf sous mes bandages.

Je me suis dit que peut-être, le lendemain, Pierre en profiterait pour m'imaginer mourant de la rage.

Le jeudi, nous avons joué aux contes de fées et (*bien sûr*) c'est Pierre qui incarnait le valeureux prince. Et moi ? me demanderez-vous. Qu'est-ce que je faisais ? Le dragon ? Le chevalier ? Ou peut-être le sympathique bouffon de la cour qui n'a pas le moindre risque de se retrouver blessé ou mutilé ? Rien de tout ça. Pierre m'a imaginé en damoiselle en détresse. Moi ! Une damoiselle ! Il aurait quand même pu m'imaginer en formidable princesse guerrière, audacieuse et experte en arts martiaux. Mais non, évidemment. Pour couronner le tout, il a fallu qu'il fasse de moi une faible femme. Mais j'avais beau porter une robe à froufrous couverte de joyaux en forme de cœur et les cheveux exagérément longs, je n'étais pas une damoiselle en détresse. J'ai concocté un plan. Et la chance m'a souri : la mère de Pierre l'a appelé pour le dîner avant qu'on en arrive au moment où « l'amour de ma vie » devait me réveiller en m'infligeant son baiser qui pue. Je me contenterai de dire que le prince Pierre aurait besoin d'une royale leçon d'hygiène buccale.

Le vendredi, vous pensez bien, j'étais à bout. J'ai attendu que Pierre s'endorme pour rassembler ma couronne et mes jupons de dentelle et m'enfuir dans la nuit.

Chapitre Trente-Cinq

JE DÉMISSIONNE !

– Mazette ! a lâché Chaussette-Qui-Pue en me voyant arriver à la réunion des Imaginaires Anonymes.

Il m'a fait un gros clin d'œil et M. Minable a renchéri :

– Il reste une place à côté de moi, Princesse.

Je me suis laissé tomber sur la chaise.

– Je ne suis pas une princesse ! ai-je crié en chassant les plis de ma robe. Je suis une *damoiselle en détresse* !

Chaussette-Qui-Pue a ouvert grand sa bouche de laine.

– Jacques ? C'est toi ?!

J'ai enfoui ma tête dans mes mains.

– Bien sûr que c'est moi ! Et je démissionne ! C'est possible ? ai-je demandé en relevant la tête. Est-ce qu'on a le droit de quitter un emploi imaginaire ?

– Eh bien, peut-être, a avancé M. Minable. Si tu obtiens le feu vert. Mais il faudra remplir beaucoup de paperasse.

– Sérieusement, les gars… Sans blague, j'ai besoin

de votre aide. Personne ne m'avait prévenu qu'être libre, ça voulait dire être imaginé par un nouveau gamin. Pour ne rien arranger, je suis sûr à quatre-vingt-dix-neuf pour cent que ce Pierre, là, est le voleur de sucettes le plus recherché de tous les voleurs de sucettes de l'Ouest.

– Qu'est-ce que tu avais mis sur ta fiche ? m'a demandé M. Minable. Tu as forcément noté quelque chose de dingue pour te retrouver avec un barjo pareil.

– Ma fiche ? Quelle fiche ?

– Le formulaire de réaffectation, a-t-il précisé. Au Bureau de Réaffectation.

– Quel Bureau de Réaffectation ? ai-je hurlé.

Le Grand Tout a regardé les autres imaginaires présents et m'a montré du doigt avec son grand sourire fait de pièces d'échecs et de cannettes de soda. Puis il s'est moqué de moi :

– On dirait qu'il débarque d'une autre planète ! Oh, pardon, je voulais dire : « qu'elle ».

– Enfin, tout le monde sait qu'une fois libéré il faut se faire réaffecter, a expliqué Chaussette-Qui-Pue. Sinon, on se retrouve prisonnier dans les limbes obscurs, à la merci de la première personne qui nous imaginera comme bon lui semble, comme si on ne valait pas mieux qu'un vulgaire morceau de pâte à modeler.

Qu'une poupée de papier découpée n'importe comment. Que du métal forgé par la main du Grand Imaginateur. Qu'un...

– C'est bon, c'est bon, l'ai-je interrompu. Tu composeras la suite de ton grand poème une autre fois. En passant, les gars, toutes ces informations m'auraient été bien utiles *avant* de convaincre Fleur de me laisser partir.

Je me suis relevé et j'ai réajusté mes jupons, le plus dignement possible.

– Alors, il est où ce fameux bureau ? ai-je demandé en agitant mes boucles dorées. Mes pieds me font un mal de chien dans ces chaussures : il faut absolument que je me débarrasse de ces talons !

Chapitre Trente-Six

LE FORMULAIRE DE RÉAFFECTATION

INFORMATIONS PERSONNELLES

Nom : Papier Prénom : Jacques

Adresse (précédente) : lit du haut

Membres de la famille (précédente) : Maman, Papa, Fleur et (beurk !) François le Teckel Maléfique

Avez-vous déjà été réassigné(e) par le Bureau de Réaffectation par le passé (O/N) : non

Possédez-vous les qualifications légales pour occuper un emploi imaginaire ? ~~peut-être ?~~ ~~à peu près ?~~ oui

INFORMATIONS GÉNÉRALES

Jours de disponibilité :

☐ Lundi	☐ Jeudi	☐ Dimanche
☐ Mardi	☐ Vendredi	☐ Drôlededi
☐ Mercredi	☐ Samedi	

Catégorie de poste :

☐ Ami imaginaire à temps plein

☐ Ennemi imaginaire à temps plein

COMPÉTENCES SPÉCIFIQUES

(cochez tout ce qui vous correspond)

☐ Voler

☐ Claquettes

☐ Faire des tartes

☐ Lire dans les pensées

☐ Grimper aux arbres

☐ Atteindre l'étagère du haut

☐ Former des nuages

☐ Voir à travers les paquets cadeaux

☐ Manger des tartes

☐ Manières irréprochables

☐ Piraterie (en haute mer)

☐ Monocyle

☐ Évaporation

☐ Produire des échos

☐ Briller dans la nuit

☐ Faire pousser des bras en plus

☐ Patin à roulettes

☐ Écoute de coquillages

☐ Liquéfaction

☐ Cracher du feu

☐ Méga-force

☐ Faire les devoirs de maths

☐ Karaoké

☐ Microsoft Word

UNE DERNIÈRE QUESTION

Souhaitez-vous que nous tenions compte de toute autre information ?

Chapitre Trente-Sept

LE BUREAU DE RÉAFFECTATION

Exaspéré, j'ai jeté mon formulaire en criant :

– Je ne possède aucune compétence !

L'agent de Réaffectation derrière le comptoir m'a lancé un regard méprisant, puis elle a griffonné quelque chose sur le bloc qu'elle avait à la main.

– Anxiété, grossièreté et mauvaise estime de soi, a-t-elle marmonné en prenant des notes.

Elle portait des lunettes retenues par une longue chaînette dans laquelle elle s'empêtrait au moindre de ses gestes, ce qui ne semblait pas l'empêcher d'être très efficace dans son travail. Il faut dire qu'elle avait été imaginée avec huit tentacules qui écrivaient et bougeaient sans cesse dans toutes les directions. Ça tombait bien, vu que le bureau était rempli du sol au plafond de dossiers et de papiers. Ou peut-être que ce n'était qu'une impression, parce que la pièce était minuscule. On m'avait expliqué que le Bureau de Réaffectation déménageait sans cesse. Pour l'instant, il se situait à l'intérieur d'un grand carton, dans une cour pleine de jouets.

– Parfois, les enfants imaginent que c'est un vaisseau, m'a dit l'agent de Réaffectation. Ou alors un magasin de bonbons, une caverne de dragons, une usine de tartes à la boue, une école de monstres ou un petit train lancé à toute vitesse. C'est le genre d'endroit où le moindre centimètre carré regorge d'imagination.

– Est-ce qu'il serait possible que je retourne auprès de Fleur, la petite fille qui m'a imaginé à l'origine ? Parce que c'est moi qui lui ai demandé de me laisser partir, en fait. Elle serait *enchantée* que je revienne.

– *Enchantée*, je n'en doute pas, m'a répondu l'employée avec une touche d'ironie. Mais c'est non. Votre formulaire est en cours de traitement.

– Mais... Je n'ai même pas eu le temps de remplir la dernière rubrique... ai-je protesté.

Trop tard. Une machine qui avait l'air composée de vieux rouleaux de papier toilette a mangé mon formulaire à grand renfort de *bip !* et de *bop !*. Ensuite, plus rien pendant un moment, le temps que l'engin digère mes données. Puis il a craché une toute petite carte.

– Parfait, a commenté la secrétaire, avant de me montrer un bout de carton découpé qui faisait office de grande chatière. En sortant de ce bureau par cette porte, vous arriverez à votre nouvelle destination. Merci d'avoir choisi cette antenne du bureau de Réaffectation. Nous vous souhaitons une très inexistante journée.

Alors que je me mettais à genoux pour me diriger à quatre pattes vers ma nouvelle demeure, j'ai repensé à ma dernière conversation avec Chaussette-Qui-Pue, juste avant de quitter les Imaginaires Anonymes. Je lui avais confié :

« C'était horrible de changer de forme sans arrêt à cause de Pierre. Ça ne faisait que me prouver à quel point je suis irréel. »

Chaussette-Qui-Pue avait haussé les épaules du mieux qu'il pouvait, vu qu'il n'en avait pas. »

« Bah, les formes... Les enfants aussi finissent par changer de forme : ils grandissent, vieillissent, attrapent des boutons, des rides, puis se voûtent quand ils sont vieux, comme une fleur qui se fane. À ta place, je ne me tracasserais pas pour ça. Essaie de moins y penser et concentre-toi plutôt sur ce qu'il y a là-dedans. »

La chaussette avait indiqué sur ma poitrine l'endroit où se trouvait mon cœur, si j'en avais bien un.

« Pourquoi ? Qu'est-ce qu'il y a là-dedans, à ton avis ? »

« Je ne sais pas, m'avait-il répondu. Mais tu ne crois pas qu'il est grand temps de le découvrir ? »

Chapitre Trente-Huit

CE QUE JE HAIS LE PLUS AU MONDE

Après avoir franchi la grande chatière à quatre pattes, j'ai découvert ce qu'il y avait à l'intérieur de moi : ce que je hais le plus au monde.

Permettez que je vous explique.

En quittant le Bureau de Réaffectation, j'ai atterri dans une cage. Au moment où je suis entré à l'intérieur, la porte par laquelle j'étais passé a disparu : je me suis retrouvé enfermé dans une espèce de prison.

– Mais qu'est-ce qu'il faut donc marquer sur ce maudit formulaire ? ai-je aboyé. Il faut consulter un manuel avant de le remplir, ou quoi ?

J'ai respiré un grand coup pour ne pas céder à la panique et mieux analyser la situation.

1. Je distinguais des millions d'odeurs différentes.

2. Mon ouïe s'était prodigieusement améliorée, comme si j'étais entouré de haut-parleurs. En regar-

dant un scarabée marcher le long de l'enclos, je me suis aperçu que j'entendais carrément le bruit de ses pas.

3. J'avais dû me changer en super-héros.

4. Ou en nouvelle damoiselle en détresse, enfermée dans une tour...

5. Ça me démangeait terriblement. Comme après une soirée d'été passée à jouer dehors et à se faire dévorer par les bestioles.

6. J'étais soit un super-héros, soit une princesse, avec une méga-démangeaison.

7. Il y avait beaucoup de chiens dans cette prison.

8. Est-ce qu'il était possible que j'aie été imaginé par un chien ?

9. Les chiens ont-ils la faculté d'imaginer des choses ?

10. Oh-ho, qui sont ces gens qui approchent ?...

Le groupe se composait d'un type portant un uniforme plein de taches, d'un homme et d'une femme, plus une petite fille à couettes en jolie robe blanche, qui bondissait d'une cage à l'autre et courait le long des grilles. On aurait dit un papillon de nuit dans une usine d'ampoules électriques. Une grenouille à une fête de famille chez les mouches.

– Oh, celui-là est si TACHETÉ ! criait-elle. Et celui-là, si grand ! Et regardez ses oreilles ! Et sa queue qui frétille. Il doit être tout doux, celui-là ! Oh, regardez-moi cette PITITE BOUILLE TROP MIGNONNE ! Aaaaaaah !

– Je t'avais bien dit que ce n'était pas une bonne idée, a glissé la femme à son compagnon. Elle n'est pas encore assez responsable pour s'occuper d'un chien.

Puis elle s'est adressée à la petite fille pour lui dire :

– Merla, n'oublie pas qu'on est juste venus regarder.

– JE LES VEUX TOUSSSSSSSSS ! a hurlé Merla en s'agitant le long des cages, comme une abeille dans un jardin botanique.

Puis elle s'est arrêtée devant mon enclos et, à ma grande surprise, m'a montré du doigt.

– Lui, là. C'est le chien que je veux, a-t-elle déclaré avec respect.

– On peut savoir qui tu traites de chien ? lui ai-je demandé.

– Wouaaaaaaaaahouuuuuu ! a crié Merla. Il PARLE !

– Oh. Oh là là, c'est pas vrai ! ai-je lâché en me prenant la réalité en pleine face (ou en pleine gueule, devrais-je dire). Je suis un chien, maintenant, c'est ça ?

Les parents de la petite fille sont venus la rejoindre devant ma cage. Ils se sont dévisagés, puis ont observé leur fille et m'ont regardé. Enfin, si on veut. En fait, ils fixaient l'autre côté de mon enclos.

Le père de Merla a pris un ton faussement solennel :

– Bien sûr, ma puce ! Tu peux choisir tous les chiens que tu veux dans cette cage.

– Il n'y en a qu'un, a répondu Merla. Le chien idéal. J'l'veux, j'l'veux, j'l'veux !

Les parents se sont alors tournés vers le gardien du chenil.

Eh bien, qu'est-ce que vous attendez pour lui donner ce chien invisible ? lisait-on dans leur regard.

Le gardien, qui ne savait manifestement pas comment s'y prendre, a fait tout un cirque en ouvrant ma cage. Avec un grand geste, comme pour me présenter, il a dit d'une voix de robot :

– Là, tu vois ? C'est un chien. Dans cette cage. Tu peux aller le chercher.

Merla s'est précipitée vers moi pour me prendre dans ses bras et m'a serré si fort que – oh là là, j'ai honte de l'avouer ! – eh bien, j'ai fait un petit pipi imaginaire en plein sur sa jolie robe blanche.

Chapitre Trente-Neuf

MERLA + CHIEN = POUR LA VIE

En arrivant dans la chambre de Merla, j'ai découvert sa légère obsession des chiens : elle avait des gamelles pour l'eau et la nourriture, des jouets à mordiller, des affiches, des biscuits pour chien, un lit à froufrous spécial Médor et même un grand cahier qu'elle avait décoré et sur la couverture duquel était inscrit « MERLA + CHIEN = POUR LA VIE » dans un cœur.

– Un peu vague, tu ne trouves pas ? ai-je demandé à la petite fille.

J'ai attrapé un marqueur et j'ai barré ~~CHIEN~~ pour écrire à la place : JACQUES PAPIER : CHIEN TEMPORAIRE.

Merla m'a regardé, fascinée.

– J'y crois pas ! Tu sais écrire, aussi ?

– Bien entendu, ai-je répliqué en gonflant fièrement la poitrine. D'accord, la maîtresse ne pouvait pas me voir... N'empêche qu'en CE1 je suis sûr que j'étais le meilleur de la classe en orthographe *et* en écriture cursive.

Merla n'en revenait pas.

– Un chien qui sait écrire en attaché. J'ai vraiment décroché le gros lot !

J'ai commencé à farfouiller pour faire l'inventaire de mes nouvelles affaires.

– Ça, très peu pour moi, ai-je annoncé en montrant un os. Je mangerai la même chose que toi. J'aime aussi les bons bains moussants et la musique classique. Et je ne sais pas pourquoi, mais j'ai une furieuse envie que tu me grattouilles derrière les oreilles.

Merla s'est penchée vers moi pour me gratter pile poil au bon endroit. Pas désagréable.

– Autre chose ? m'a-t-elle demandé.

– Oui. J'aimerais savoir à quoi je ressemble.

– Tu veux que je te prenne en photo avec l'appareil de mon père ?

– Ça ne marchera pas. Malheureusement, on n'a pas encore inventé d'appareil ni de miroir capable de montrer les créatures imaginaires. Merla, espèce de fofolle hyperactive, c'est à toi de me dessiner, lui ai-je dit en poussant une boîte de crayons de cire vers elle.

– Super ! Comment tu veux poser ?

J'ai regardé autour de moi. Puis je me suis langoureusement allongé sur mon lit à fanfreluches en imitant de belles femmes que j'avais observées sur des tableaux au musée.

– Voilà : comme ça ! Et fais bien attention à me représenter sous mon meilleur profil. Enfin... si j'en ai toujours un.

Chapitre Quarante

PORTRAIT DE JACQUES PAPIER

Quand Merla l'artiste a fini son dessin, elle l'a saisi à bout de bras pour mieux l'admirer, puis l'a retourné vers moi d'un geste théâtral. Je suis descendu du lit pour l'inspecter de plus près.

C'est étrange, ai-je pensé, de ne pouvoir se voir qu'à travers les yeux de quelqu'un d'autre. Avec Fleur, j'étais tellement dans le déni que je ne m'étais jamais rendu compte que je n'apparaissais ni sur les miroirs ni sur les photos. Mais j'avais fini par accepter la réalité de ma situation.

– Merla, est-ce que tu es sûre d'avoir… l'expérience requise pour cette technique ? lui ai-je demandé.

– Les crayons de cire, tu veux dire ? Oh, oui ! Regarde : je m'en suis tellement servi qu'ils sont presque tous usés.

– Hum, peut-être que tu es dans ta phase Picasso, alors. C'est ta période banane ? Parce que quand on observe les proportions… Enfin, je ne voudrais pas

critiquer, mais les pattes sont bien trop courtes et on dirait presque que mon estomac traîne…

Je me suis tu. J'ai fixé mon portrait. Puis j'ai bégayé :

– … sur le… euh… le…

Mon cœur s'est emballé. On aurait dit qu'il scandait : *Fran-çois, Fran-çois, Fran-çois.*

J'ai compris que j'étais devenu ce que je haïssais le plus au monde.

Un teckel.

Chapitre Quarante et Un

SERVICE D'URGENCES IMAGINAIRES

Ce soir-là, j'ai attendu que Merla ronfle et j'ai desserré ses doigts passés autour de mon cou comme un étau. Ensuite, j'ai descendu la rue en mode furtif jusqu'à une vieille cabine téléphonique. En chemin, je suis passé à côté d'une affichette qui avait dû tomber d'un poteau. PERDU : AMI IMAGINAIRE. CONTACTER PIERRE.

J'ai frissonné, puis j'ai enfoncé ma tête dans mes épaules et j'ai repris ma route.

Une fois dans la cabine, je suis monté sur le petit siège et je me suis dressé sur la pointe des pattes pour glisser une pièce dans la fente. J'ai composé le numéro du Bureau de Réaffectation. Une voix automatique a répondu et m'a débité toute une série de choix :

Le Bureau de Réaffectation est actuellement fermé, mais vous pouvez utiliser ce service d'urgences. Veuillez écouter attentivement la liste suivante, car le menu a changé.

Tapez 1 si vous avez été imaginé en plante d'intérieur.

Tapez 2 si vous avez été imaginé en personnage de marque déposée et que vous redoutez les problèmes juridiques.

Tapez 3 si vous avez été imaginé en nuage un jour de vent.

Tapez 4 si vous avez été imaginé en fantôme.

Tapez 5 si...

J'ai posé ma tête contre la paroi froide de la cabine et j'ai fermé les yeux en écoutant la suite de la liste apparemment interminable d'urgences imaginaires.

Tapez 26 si vous avez été imaginé en nourriture et qu'on est sur le point de vous dévorer.

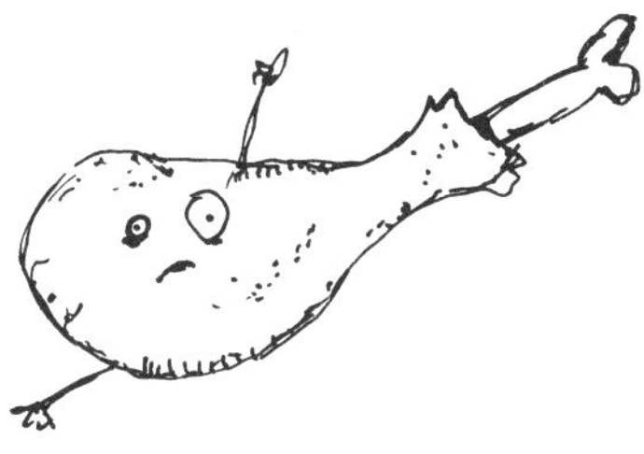

Tapez 55 si vous avez été imaginé en créature de sable et que la mer vient vous lécher les doigts de pieds...

Tapez 99 si vous avez été imaginé en ce que vous détestez le plus au monde...

– C'est pas trop tôt ! ai-je crié en appuyant deux fois sur la touche 9.

Au bout de quelques sonneries, j'ai entendu une voix pas réveillée :

– Bonsoir… Quelle est votre urgence imaginaire ?

– J'ai été imaginé en teckel ! ai-je hurlé dans le combiné.

– C'est bon, calmez-vous, a dit la réceptionniste. Laissez-moi prendre la fiche de renseignements d'urgence spéciale chien. Première question : votre nouvel enfant vous a-t-il maltraité ?

– Non.

– Votre nouvel enfant vous force-t-il à manger de la nourriture pour chien ?

– Non.

– À rapporter contre votre gré ?

– Non.

– Monte-t-il à cheval sur vous ?

– Non ! rien de tout cela, me suis-je emporté. Merla est vraiment très gentille. C'est juste que je déteste les teckels.

– Vous avez bien dû inscrire quelque chose sur votre formulaire pour vous retrouver dans cette situation, a répondu la réceptionniste qui commençait manifestement à s'impatienter.

– J'ai écrit que j'avais déjà *vécu* avec un teckel maléfique qui s'appelait François. Mais je n'ai jamais dit que ça m'avait *plu* !

– Ah, a déclaré la spécialiste. Ça doit être ça. Le

système procède par recherche de mots-clés. Il a dû retenir « teckel ».

– Oh, génial ! ai-je ironisé. Quel système *formidable*. C'est tout de même incroyable qu'une machine construite à base d'imagination et de rouleaux de papier toilette fonctionne *aussi bien*. Mais bon, peu importe... Il faut me changer de poste.

– En fait, monsieur, il ne s'agit pas véritablement d'une urgence : vous devrez attendre lundi. Mais j'aime autant vous prévenir que vous avez environ zéro chance que votre cas soit retenu pour un transfert. Je vous souhaite un très inexistant week-end ! Allez, ciao-ciao !

Non mais vous y croyez, vous ? Elle m'a raccroché au nez ! Alors que j'étais en pleine crise ! Que j'étais aux abois !

Je vous avoue qu'à ce moment-là je me suis senti au plus bas. Encore plus bas qu'un teckel.

Chapitre Quarante-Deux

GRATTOUILLES SUR LE VENTRE ET LUCIOLES DANS LA GUEULE

Je suis rentré chez Merla ventre à terre, en me retenant de hurler ma frustration à la lune. En chemin, je suis passé à côté d'une balançoire et j'ai repensé au soir où j'avais rencontré Cow-Girl au parc. Qu'est-ce que j'avais pu me lamenter sur mon sort ! Et tout ça pourquoi ? Parce que j'avais une sœur qui m'adorait, des parents charmants, et que je vivais la meilleure existence imaginable ? Quel idiot !

J'ai décidé de m'offrir un petit tour de balançoire, mais rien que de poser mes pattes avant sur le siège et de me hisser dessus m'a demandé toute mon énergie. Après, je suis resté là, à pendouiller sur le ventre comme un long sandwich mou qu'on aurait oublié sous la pluie.

Autant dire adieu aux balançoires, ai-je pensé. *Et à tant d'autres choses de ma vie d'avant.*

Les jours suivants, le seul avantage que j'ai trouvé

à être un chien – et ça n'en vaut vraiment pas la peine, croyez-moi –, c'était de pouvoir faire tous les trucs un peu dégoûtants qu'on n'avait jamais eu le droit de faire avec Fleur. Je me suis roulé dans l'herbe qui sentait bon, vautré dans la gadoue et j'ai attrapé des lucioles dans ma gueule pour savoir quel goût a la lumière. (Ça a un goût de poulet.) Et comme j'étais plus près du sol, je pouvais renifler la rosée, suivre une colonne de fourmis et sentir la chaleur du soleil stockée dans la terre.

J'ai essayé de profiter au mieux d'être le chien de Merla, jusqu'au jour où j'ai surpris une conversation de ses parents dans la cuisine, pendant qu'ils rangeaient les courses.

– Tu as pensé à prendre la lotion anti-puces ? a demandé la mère de Merla.

– Oui, a soupiré son père. Mais tu ne crois pas que c'est quand même un peu du gâchis de traiter les puces imaginaires d'un chien imaginaire ?

– Je trouve qu'elle se montre beaucoup plus responsable, en tout cas. Si elle continue, il sera peut-être temps de songer à un *vrai* chien.

Elle avait juste dit : « un vrai chien ». Mais moi, voilà ce que j'ai entendu : « Jacques, il est temps de saisir ta chance de te sortir de là. »

Chapitre Quarante-Trois

LE CHIEN A ~~MANGÉ~~ FAIT MES DEVOIRS

Et voilà comment Responsable est devenu mon deuxième prénom : Jacques R. Papier, teckel d'exception, à votre service. Je n'avais plus qu'à me débrouiller pour que Merla joue le jeu. Quand je lui ai annoncé qu'il y aurait peut-être un *vrai* chien à la clé, c'était déjà presque gagné.

– Tu peux y arriver, l'ai-je encouragée. Tu en as l'énergie. Le cran. Tu es comme un jouet mécanique remonté à bloc ! Et je serai là pour t'aider.

Ensuite, j'ai commencé à me poster à la fenêtre en attendant Merla pour qu'on se mette au travail dès qu'elle rentrait de l'école. Le premier soir, au dîner, Merla a annoncé à ses parents :

– Aujourd'hui, j'ai donné un bain à Jacques Papier, le teckel. Puis je l'ai séché, peigné, je lui ai coupé les griffes, brossé les dents et je lui ai épilé les sourcils.

– Impressionnant ! a lâché son père avant d'attaquer

sa côte de porc. Je ne savais même pas que les chiens avaient des sourcils.

Le lendemain, Merla est allée trouver sa mère dans le salon.

– J'ai fait toute la lessive, a-t-elle déclaré en traînant une corbeille aussi grande qu'elle. Je l'ai lavée, pendue et pliée. J'ai même nettoyé les vêtements délicats à la main.

– Oh… Merci, ma chérie, a bredouillé sa mère.

Elle a regardé Merla comme s'il venait de pousser une deuxième tête à sa fille. Merla s'est alors tournée vers son père, plongé dans un livre.

– Papa, j'ai ciré tes chaussures, sorti la poubelle et récuré les gouttières.

– Mais… c'est incroyable !

– Ah, j'oubliais, a repris Merla avant de quitter la pièce ; j'ai aussi changé l'huile de la voiture.

J'attendais Merla dans le couloir pour qu'elle me tape dans la patte au passage.

– Allez, on s'attaque à tes devoirs, maintenant. Est-ce que tu as des exercices supplémentaires à faire ? Est-ce que tu as déjà tes livres de l'année prochaine ?

Comme par hasard, cette semaine-là, Merla n'a obtenu que des A+++ à ses devoirs.

Je dois avouer que ça m'a vraiment fait plaisir. Même le maître de Merla était impressionné. Il l'a félicitée pour ses progrès et lui a demandé comment elle avait fait.

– Oh, c'est facile, a-t-elle répondu. C'est mon chien qui a fait mes devoirs.

Chapitre Quarante-Quatre

LE MEILLEUR CHIEN DE TOUTE LA TERRE

Et un beau jour – un jour merveilleux –, le père de Merla est rentré à la maison avec une boîte. Pas n'importe quelle boîte, non : le genre avec un gros nœud rouge et des trous d'aération sur les côtés. Pas difficile de deviner ce qu'il y avait à l'intérieur.

Quand Merla l'a ouverte, j'ai cru qu'elle allait crier, ou hurler ou que sa tête allait exploser comme une boule de pissenlit un jour de tempête. Mais, à ma grande surprise, elle a délicatement attrapé le cabot pour l'embrasser sur la tête. Pour une fois, sa joie s'exprimait calmement, tranquillement. Merla a laissé le chiot lui renifler la main, puis elle s'est montrée très patiente pendant qu'il s'installait tranquillement pour dormir. Pour ce qui était de s'occuper d'un vrai animal, Merla méritait largement A+++.

– Il est mignon, ce chien. C'est un bon modèle, ai-je commenté. Et puis il n'est pas trop oblong.

Mais Merla ne m'écoutait pas. Elle était perdue,

loin, là-bas, dans un pays où il fait bon vivre : le paradis des chiots pour de vrai.

Je suis allé dans sa chambre. J'ai rassemblé quelques-unes de mes affaires canines, dont le portrait de moi signé Merla, puis je suis sorti dans le couloir.

– Eh bien ! ai-je lancé si fort que ma voix a résonné entre le parquet et les murs. Je crois que je vais y aller. On n'a plus besoin de moi ici.

Maintenant que Merla avait un vrai chien, je devais être libre de partir. Comme je l'avais souhaité.

– Au revoir...

C'est bizarre, mais sans personne pour l'entendre, ce mot m'a paru plus vide et plus petit que n'importe quel autre.

Je n'avais pas fini de faire passer l'intégralité de mon corps à travers la chientière que j'ai entendu quelqu'un se précipiter vers moi, et une main se poser sur mon dos.

– Maintenant que j'ai un chiot, tu as le droit de t'en aller, si tu veux, m'a dit Merla. Ça ne t'a jamais vraiment plu d'être mon chien, pas vrai ?

– Oh, voyons. Ce n'était pas si terrible.

– Avant de filer, tu n'as pas envie de savoir pourquoi j'aime autant les chiens ?

– Sincèrement, si, ai-je avoué. Je n'en ai connu qu'un, et il n'y avait pas pire.

– Ce qui me plaît, chez un chien, c'est qu'il se fiche de savoir si tu es hyperactive, si tu as une drôle de tête ou si tu es la plus nulle de toute la classe en multiplications. Ça ne le dérange pas que tu aies de la boue sur ta robe, que tu ne saches pas bien raconter les blagues ou que tu sois la fille la moins populaire de tout le CE2.

« Quoi qu'il arrive, un chien guettera chaque jour ton retour. Et il sera toujours ravi de te retrouver. Un super chien pense carrément qu'il n'y a pas mieux que toi dans le monde entier.

« Mais est-ce que tu sais à quoi on reconnaît un chien parfait ? Un chien parfait arrivera à te convaincre que tu peux tout réussir. Combien y a-t-il de personnes qui croient à ce point en toi dans la vie ? Qui voient quelque chose en toi et te donnent l'impression d'être quelqu'un d'exceptionnel ?

– Presque pas, ai-je reconnu. Avec un peu de chance, peut-être une ou deux.

– Eh bien, tu sais quoi, Jacques Papier, chien temporaire ?

– Quoi ?

– Toi, tu as été le meilleur chien de toute la terre.

Chapitre Quarante-Cinq

CE QUE JE NE VIVRAI JAMAIS

Une fois de plus, je me suis retrouvé au Bureau de Réaffectation. En attendant mon tour, dans ma tête, je me suis repassé en boucle les mots de Merla :

Le meilleur chien de toute la terre.

Je ne saurais vous expliquer l'effet que ces mots ont eu sur moi. Parce que même moi, j'ai du mal à m'expliquer ce qu'ils représentaient pour moi, pourquoi ils étaient si importants.

Le meilleur chien de toute la terre.

La dernière fois que je me suis senti aussi exceptionnel, c'était avec Fleur. J'ai soudain compris que, moi aussi, j'avais envie de faire naître ce sentiment chez les autres. Aider Merla m'avait vraiment fait plaisir. Encore plus, bizarrement, que de ne me préoccuper que de ma petite personne. Les mots de Merla étaient-ils magiques ?

Ce qui est sûr, c'est qu'ils m'ont fait un bien fou et que tout le monde – même si on n'est pas forcément un chien – devrait essayer de prononcer cette phrase, ou à voix haute, les yeux fermés, jusqu'à en être profondément convaincu.

Je suis le meilleur chien de toute la terre.

Allez-y. Essayez !

Je suis le meilleur chien de toute la terre.

– Le meilleur, je ne sais pas, mais le chien le plus long, c'est sûr !

J'ai ouvert les yeux et suis sorti de ma transe.

– Oh, c'est toi ?

J'ai bondi sur Cow-Girl et l'ai plaquée au sol. Puis je lui ai léché le visage jusqu'à ce qu'elle me caresse les oreilles.

– Bien le bonjour à toi aussi, Jacques Papier.

D'un seul coup, je me suis rappelé où on était et ce que ça voulait dire.

– Si tu es au Bureau de Réaffectation, c'est que...

– Ma petite fille m'a laissée partir, a complété Cow-Girl. Eh oui, c'est bien ça.

– Tu tiens le coup ? me suis-je inquiété.

– Oh, tu sais ce que c'est. C'est dur. Je n'arrive pas à m'empêcher de penser à tout ce que je vais rater, tout ce que je ne vivrai jamais. La semaine prochaine, c'est son premier bal à l'école. Je sais bien qu'elle n'aurait jamais voulu que je l'accompagne, ni rien, mais j'aurais quand même aimé la voir en robe. Parce que je ne l'ai jamais vue porter autre chose qu'une salopette et des bottes de cow-boy.

J'ai pris un moment pour réfléchir. J'ai repensé à Fleur, qui m'avait demandé de ne jamais l'oublier et de revenir, si je le pouvais.

Puis j'ai posé la patte sur la main de Cow-Girl et je lui ai glissé :

– Je crois que tu seras quand même avec elle. Elle t'a imaginée : tu fais partie de sa vie. Ça ne s'effacera jamais.

Cow-Girl a essuyé ses larmes et s'est efforcée de sourire. Elle m'a caressé la tête, puis elle m'a dit :

– Tu as sans doute raison. Merci, l'ami. P't'êt' bien qu' t'es le meilleur p'tit toutou de toute la terre, après tout.

Une fois Cow-Girl partie pour sa nouvelle affectation, je suis tombé sur une vieille connaissance que je n'avais aucune envie de revoir.

– Salutations, jeune homme ! Puisque te voilà au bureau de Réaffectation, c'est que tu as dû suivre mon avis.

– Toi ! ai-je crié en montrant le Grand Méchant Flou du doigt. Tu m'as vraiment joué un sale tour !

– Ah oui ?

Il sirotait une tasse de thé, le petit doigt en l'air. On aurait dit que de la fumée s'échappait de lui et s'écoulait jusque sur le sol.

– Tout ce que je voulais, c'étaient des réponses. Pour découvrir qui j'étais. Et toi, tu m'as piégé ! Si je suis là, aujourd'hui, c'est de ta faute. J'ai toutes les raisons du monde d'être furieux contre toi.

– Furieux, vraiment ? Je dirais plutôt terrorisé.

Le Grand Méchant Flou s'est alors penché vers moi. Il dégageait toutes les peurs qu'il avait fait naître chez les enfants qui l'avaient imaginé.

– Et crois-moi, a-t-il repris, la terreur, ça me connaît.

– Te-rro-ro-risé ? ai-je bégayé. Pourquoi ? Par quoi ?

– Peut-être bien que tu es en train de trouver la réponse à ton interrogation sur ta véritable identité. Et peut-être, sait-on jamais, que cette réponse ne te plaît pas du tout.

Chapitre Quarante-Six

CHIEN DE PRAIRIE PÉTRIFIÉ

Après avoir donné mon formulaire de renseignements à enregistrer, soigneusement complété cette fois, j'ai fait mes adieux au Grand Méchant Flou avec grand plaisir et, prêt à lui prouver que je n'avais peur de rien, j'ai passé la porte menant à ma nouvelle mission. Je me suis retrouvé dans un salon tout ce qu'il y a de plus ordinaire, dans une maison tout ce qu'il y a de plus ordinaire. La première chose que j'ai vue, c'est une tête disparaissant derrière un canapé. Une tête couronnée d'une masse de cheveux blond roux, munie d'une paire d'épaisses lunettes. Ça m'a tout de suite fait penser à un chien de prairie pétrifié, juste avant qu'il plonge dans son terrier.

– Euh... bonjour ?

J'avais à peine parlé que la silhouette derrière le canapé s'est enfuie dans le couloir et s'est précipitée dans une pièce en claquant la porte derrière elle. Je l'ai suivie et j'ai tapé à la porte. Comme personne n'a répondu, j'ai recommencé. Au bout de la troisième fois, enfin, la porte a grincé en s'ouvrant lentement de quelques centimètres. Quand j'ai aperçu les petits yeux de chouette qui me zyeutaient derrière les lunettes, j'ai lancé :

– Bien le bonjour ! Je me présente : Jacques Papier. Enchanté de faire ta connaissance.

Mais quand j'ai voulu serrer la main au garçon, celui-ci s'est protégé la tête, comme si j'allais l'assommer.

– Comment tu t'appelles ? lui ai-je demandé.

Il ne m'a pas répondu, mais j'ai repéré un prénom inscrit au marqueur sur un sac à dos, pendu à la porte d'un placard.

– Comment t'expliquer, *Bernard*. J'ai bien compris que tu avais envie que je m'en aille, mais ça va être compliqué, dans la mesure où c'est toi qui m'imagines.

Je ne pensais pas que c'était possible, pourtant Bernard a encore plus écarquillé les yeux. Avant que j'aie eu le temps de lui demander en quoi il m'avait imaginé, une voix d'homme a retenti dans ce qui devait être la cuisine :

– À table, Bernie ! Et si tu t'es encore caché dans le placard, lave-toi les mains, s'il te plaît.

Pour toute réponse, Bernard a filé dans la cuisine à toute vitesse, comme si ses cheveux avaient pris feu.

Décidément, ce chien de prairie pétrifié n'était pas très bien élevé. Pour s'amuser avec lui, ça semblait mal parti.

Chapitre Quarante-Sept
JIBLAUNE

J'ai rejoint Bernard et son père à table. Le père de Bernard portait exactement les mêmes lunettes que son fils et arborait dans la poche de sa chemise une collection de stylos qui fuyaient.

– Alors, champion, en pleine forme ?

– En pleine forme ? Il serait plus judicieux de me demander en forme de quoi, ai-je fait remarquer, avant de me reprendre. Oh... Ce n'est pas à moi que vous parliez.

Face à moi, Bernard me fixait sans cligner des yeux. Son père a continué, comme si de rien n'était :

– En ce moment, j'enseigne à mes élèves que l'œil humain possède des millions de cellules photosensibles qu'on appelle des cônes. Ce sont eux qui nous permettent de percevoir les couleurs.

Ah, ça expliquait les lunettes et les stylos. Le père de Bernard était un intello professionnel !

– Les chiens ne possèdent que deux types de cônes,

a-t-il expliqué en entassant des petits pois dans l'assiette de son fils. Ils arrivent à distinguer des nuances de vert et de bleu.

J'ai regardé la vapeur du plat embrumer les lunettes de Bernard.

Sans me quitter des yeux, celui-ci a saisi sa fourchette pleine de petits pois et l'a lentement montée vers son visage, si haut qu'elle a perdu tout son chargement et que Bernard a failli s'éborgner. Heureusement qu'il avait ses lunettes !

– Les humains possèdent trois types de cônes, a poursuivi son père, comme s'il était un manuel de sciences naturelles. Ce qui explique que nous soyons capables de discerner le vert, le bleu et le rouge. Les papillons, eux, en ont cinq.

« Mais celle qui voit le mieux les couleurs, c'est une sorte de petite crevette spéciale. Elle est pourvue de seize cônes. Tu te rends compte ?

« Quand nous regardons un arc-en-ciel, nous distinguons des combinaisons de vert, de bleu et de rouge. Essaie d'imaginer comment cette petite crevette le verrait ! Pour elle, il serait immense et très étendu, avec de l'infrarouge et de l'ultraviolet et des couleurs qu'on ne peut même pas concevoir. Pourtant, elle serait bien face au même phénomène que nous. Mais ce qu'elle parvient à voir est tout simplement...

– ... invisible pour nous, a complété Bernard.

Ébahi, son père a souri. Il s'est arrêté de parler. On aurait dit qu'il était arrivé à convaincre un animal sauvage de lui manger dans la main et qu'il ne voulait pas gâcher sa chance en allant trop loin.

Après le dîner, je suis resté seul à table avec Bernie qui continuait à me fixer sans cligner des yeux. J'ai plissé les miens pour mieux le fixer à mon tour, avant de lui lancer :

– Personne ne m'attend nulle part, gamin. On peut jouer à ça toute la nuit, si tu veux.

Mais Bernard a enfin brisé le silence :

– Jiblaune.

– Euh... À tes souhaits ?

– C'est le nom d'une de ces couleurs invisibles. Jiblaune, a répété Bernard. Il pourrait aussi y avoir brillul et novali et replitz.

Je n'en revenais pas que le gamin enchaîne autant de mots d'un seul coup. Je me suis pris au jeu :

– Bien sûr ! Mais il ne faudrait pas oublier le merveilleux vrire, l'éclatante paterne ou la subtile chantelle.

J'ai vu le visage de Bernard s'illuminer. Il s'est levé et a fait les cent pas dans la pièce en parlant à toute allure :

– Sans compter salée, insomnie, loquace, insouciante, ni seule, brûlée et ponctuelle.

– Ah oui, elles font partie de mes couleurs préférées, ai-je reconnu. Et si on repeignait cette pièce couleur murmure ? Ou zigzag ? À moins qu'on ne choisisse une jolie nuance d'ignoré et d'invisible.

Bernard n'a pas pu se retenir : il a lâché un petit rire discret, comme une respiration.

– Sacrée hilarité !

Je dois reconnaître que moi aussi, j'ai rigolé. Que voulez-vous ? Ce garçon était très drôle, en réalité.

Mais, comme je l'apprendrais plus tard, ce n'était qu'une des nombreuses couleurs de Bernard, que personne n'avait encore jamais vues.

Chapitre Quarante-Huit

PAS DE MOT

Cette nuit-là, j'ai dormi dans un sac de couchage dans la chambre de Bernard. Je n'avais pas du tout sommeil, alors, allongé, j'ai contemplé le carré de lumière que dessinait la lune sur le sol. J'ai repensé aux mots qu'on avait inventés plus tôt, Bernie et moi. On avait bien fait, parce que, si on réfléchit un peu, avouons que le monde manque de mots. Par exemple, il n'existe pas de mot pour dire un carré de lumière que la lune dessine sur le sol.

Il n'y a pas non plus de mot pour décrire le moment où on doit présenter quelqu'un dont on vient d'oublier le prénom. Tout le monde a déjà éprouvé cette petite montée de panique, et pourtant il n'existe pas de mot pour la dire.

Il n'y en a pas non plus pour les messages secrets dans le potage aux nouilles lettres.

Pas plus que pour la première fois où on retourne pieds nus dans l'herbe après un long hiver.

Ni quand un chien saute sur votre lit, remue la queue et vous flanque un bon coup de joie dans la tête.

Ni quand on ressort de chez le coiffeur avec une coupe bien pire que celle qu'on avait en entrant.

Ni pour une personne au sourire si lumineux qu'elle doit avoir une luciole dans la tête. (Personnellement, je vote pour que ce mot soit : « Fleur ».)

Il n'existe pas non plus de mot pour ce vieux tour : on est à côté de quelqu'un et on lui tapote l'épaule de l'autre côté pour lui faire une blague.

Ni pour les notes d'un inconnu dans un livre acheté aux puces.

Il n'y a pas non plus d'expression pour décrire la façon dont un garçon aussi étrange et hilarant que Bernard décide qu'il vaut mieux devenir le garçon le plus invisible au monde pour éviter qu'on se moque de lui. Ne pas exister comporte sans doute ses avantages. Comme être léger, se laisser porter par le vent, entrer et sortir sans se faire remarquer. Ne pas avoir d'amis et, du coup, ne jamais risquer de perdre quelqu'un.

Il n'existe pas de mots pour les épaves qui veulent rester au fond de l'eau, les aiguilles qui se cachent dans les meules de foin ni les perles qui demeurent enfouies pour toujours sous le sable.

Un jour que plusieurs personnes nous passaient

devant dans la file d'attente du cinéma, j'ai déclaré à Bernard :

– Tu sais, Bernie, c'est un peu insultant pour quelqu'un comme moi que tu te donnes tant de mal pour qu'on ne te voie pas.

Ça ne choquait peut-être personne d'autre, mais, étant moi-même invisible, j'y étais particulièrement sensible. En cours d'arts plastiques, par exemple, Bernard s'arrangeait toujours pour que ses peintures soient cachées derrière celles de quelqu'un d'autre. Quand il s'habillait, il choisissait toujours des couleurs fades et insipides. Et il se déplaçait si discrètement qu'on aurait dit qu'il avait les pieds aussi légers que des aigrettes de pissenlits.

Il n'y a pas de mots pour décrire la façon dont Bernard dissimulait sa véritable identité, comme un écureuil enfouissant en douce des noix pour l'hiver.

– Un jour, m'a-t-il avoué, je suis devenu tellement invisible qu'une oiselle – je te jure, une oiselle, une vraie – s'est posée sur ma tête. J'ai cru qu'elle allait carrément faire son nid.

Il n'y a sans doute pas de mot, ai-je pensé, pour quelqu'un qui ferait un bon nichoir à oiseaux.

Chapitre Quarante-Neuf

L'ATTAQUE DU HOMARD

Bernard aurait sans doute réussi à rester invisible toute sa vie si, un jour, il n'avait pas failli éborgner une fille de sa classe.

Ça s'est passé pendant le cours de gym, dehors. Les élèves jouaient au jeu que redoutent tous les enfants à lunettes : la balle au prisonnier. Sauf qu'à l'école de Bernard ce n'est pas comme ça qu'ils l'appellent, parce qu'il y a trop de buissons et de fourrés près du terrain. Du coup, ils l'ont surnommée : « la balle emprisonnée » ou « la balle à débusquer ». Bernard m'a dévoilé sa « tactique habituelle ».

– O.K. Tu te caches dans une haie. Et après ? lui ai-je demandé.

– Eh bien, j'attends que le cours soit fini, qu'est-ce que tu crois !

– Ce jeu est censé être drôle, pourtant ! On est dans la cour de récréation, après tout.

– Tu as déjà mis les pieds dans une cour de récré ?

m'a demandé Bernard. C'est chacun pour soi ! C'est l'anarchie ! Version il-n'y-a-que-celui-qui-tient-la-conque-qui-a-le-droit-de-parler-et-on-n'a-qu'à-tuer-le-gamin-à-lunettes.

– Eh ben. Quel tableau !

Sa technique aurait sans doute marché si, une fois tous les joueurs de son équipe éliminés, quelqu'un n'avait pas repéré un bout de lacet rouge derrière un fourré.

– Hé ! Il nous reste un joueur ! a crié l'équipe de Bernard.

Il a sorti ses yeux de chouette de la haie.

– Qui c'est ?

– Il est dans notre école ?

– Non, je crois que c'est juste un gros rongeur...

Pas du tout. C'était bel et bien Bernard, qui s'est retrouvé obligé de sortir de sa cachette pour se joindre à la partie. Tous les ballons rouges étaient dans son camp. Il y en avait même plusieurs pris dans le buisson où il s'était réfugié. Prudemment, il en a ramassé un, puis il a remonté ses lunettes sur son nez.

– S-sacrée sale s-situation, a-t-il bégayé.

Il n'avait pas tout à fait tort, car il restait face à lui de nombreux adversaires, dont un garçon qui s'était forgé sur les terrains de balle au prisonnier le surnom de Trombone grâce à ses bras monstrueusement longs qui lui permettaient de catapulter ses tirs et de réaliser des arrêts époustouflants. Il y avait aussi Étoile Filante, une fille si menue et si rapide qu'on ne la voyait jamais venir. Et enfin, le plus redoutable d'entre tous, Le Poulailler. Comment ce type faisait pour tenir autant de ballons à la fois était une véritable énigme scientifique : il pouvait en transporter une demi-douzaine comme s'ils n'étaient pas plus gros que des œufs de poule.

– Prends un ballon dans chaque main, ai-je conseillé à Bernard.

C'est ce qu'il a fait. Je l'ai inspecté de haut en bas. Et puis j'ai déclaré :

– Le Homard.

– Quoi ?

– Ton surnom de joueur, ai-je expliqué. Les ballons rouges te font comme des pinces de homard.

– Mais on s'en fiche ! Qu'est-ce que je fais, maintenant ?!

– Tu n'as qu'à viser un des fainéants du fond. Regarde ! Là, le groupe de filles qui a passé tout le match à papoter. Essaie d'en avoir une. Elles ne regardent même pas.

Paniqué, Bernard a chuchoté :

– Je ne peux pas ! Il y a la fille aux taches de rousseur !

– Euh… et alors ? Tu n'as qu'à viser une de ses taches.

– Non ! Je la trouve… gentille, moi !

– Gentille ?! Qu'est-ce que ça peut… Oooooh, je vois ! Monsieur le Homard en pince méchamment pour elle, pas vrai ?

– Elle ne sait même pas que j'existe, a murmuré Bernard.

– Ho ! Tu vas passer la journée à marmonner des trucs à tes coéquipiers imaginaires ou tu vas la lancer, cette balle ? a crié quelqu'un sur la touche.

Alors, lentement, Bernard s'est approché de la ligne centrale du terrain. Je me suis placé à côté de lui, espérant qu'au moins l'un d'entre nous échapperait à une mort certaine.

– Flotte comme un papillon de caoutchouc, l'ai-je encouragé. Pique comme une abeille en plastique.

Bernard a serré les dents. Ses lunettes ne faisaient qu'amplifier la détermination qu'on lisait dans son regard. Quand il a lancé la balle, le temps a ralenti, les planètes se sont alignées et…

Bernard a réussi à toucher quelqu'un.

Le ballon avait quitté la pince gauche du Homard pour entrer en collision avec…

– Sacré boulet ! a gémi Bernard. Je lui ai envoyé en pleine poire !

C'était vrai. De l'autre côté de la ligne, celle pour qui en pinçait le Homard se cachait l'œil gauche de ses deux mains, pendant que ses coéquipiers et le prof se précipitaient vers elle.

J'ai tapoté le dos de Bernard, essayant de le réconforter du mieux que je pouvais :

– Au moins, maintenant, elle sait que tu existes !

Chapitre Cinquante

FUSILLI !

Bernard et moi nous sommes glissés sous la fenêtre de l'infirmerie. J'ai jeté un œil à travers la vitre pour avoir une idée de ce qui se passait à l'intérieur. Puis je me suis vite accroupi près de Bernard.

– Je t'avais bien dit qu'il ne fallait pas te faire de souci pour elle. Elle est assise avec une poche de glace sur l'œil. Si c'était grave, ils auraient envoyé une ambulance, un prêtre, ou un truc dans le genre.

– Pfiou ! a soufflé Bernard. Bon, j'imagine qu'il faut que j'aille m'excuser, maintenant.

– Ouh là là ! Vas-y mollo, Casanova. Est-ce que tu as réfléchi à ce que tu allais lui dire, d'abord ?

– Et si je commençais par : « Désolé de t'avoir mutilée en te balançant un ballon dans la figure » ?

– Non, beaucoup trop ennuyeux ! Tu as vraiment de la chance de m'avoir, toi. Avant de s'adresser à une fille, il faut prévoir quelques sujets de conversation. Tu sais, des choses que vous pourriez partager.

– Je ne suis pas sûr qu'on ait des points communs.

– Qu'est-ce que tu aimes ? On n'a qu'à choisir un truc que tout le monde adore. Par exemple, quel est ton animal préféré ?

– L'hippocampe, a répondu Bernard sans hésiter.

– Tu es vraiment sûr ? Tu ne veux pas réfléchir un peu ? Non ? Bon, va pour l'hippocampe. Alors… Et ce que tu aimes faire pour t'amuser ?

– Des pâtés dans la gadoue.

– Pas romantique pour deux sous.

– Éplucher les épis de maïs quand il y en a au dîner.

– Ça ne compte pas vraiment comme loisir.

– Je collectionne les plumes.

– C'est dégoûtant !

– J'aimerais être prestidigitateur. Abracadabra ! Sacré magicien !

– Je t'en supplie, ne dis jamais ça à une fille !

– J'aime inventer des chansons, a tenté Bernard.

– La musique ! Parfait. Tout le monde aime ça, la musique.

– Ouais. J’adore inventer des chansons sur différentes sortes de pâtes. *FUSILLI ! SPAGHETTI, RAVIOLI, CANNELLONI, TORTELLINI !* a chanté Bernard.

– Par pitié, arrête ! ai-je imploré. J’ai une meilleure idée. Toi, tu entres dans l’infirmerie. Moi, je reste sous la fenêtre. Et je te soufflerai tes répliques.

– C’est un peu malhonnête, a commenté Bernard.

Je l’ai poussé vers la porte en lui expliquant :

– Quand on veut séduire une fille, il est toujours bon de faire appel à son imagination.

Chapitre Cinquante et Un

ÇA FAIT LONGTEMPS QUE TU ES LÀ, TOI?

Bernard est entré dans l'infirmerie avec son style bien à lui : comme un fantôme qui vient de se rendre compte qu'il est sorti de chez lui sans son pantalon. Furtivement, il s'est glissé à l'intérieur, sans même se faire remarquer par l'infirmière, puis s'est faufilé le long d'un présentoir de prospectus sur les poux et les vertus du fil dentaire. Il s'est montré tellement discret, tellement silencieux que lorsque la fille aux taches de rousseur (et à l'œil au beurre noir) l'a enfin repéré elle a poussé un cri de surprise. Dès qu'elle a compris que Bernard n'était qu'un inoffensif Bernard, elle s'est excusée :

– Désolée ! Ça fait longtemps que tu es là, toi ?

Pas de réponse.

– Moi, c'est Zoé.

J'ai essayé d'invoquer le pouvoir télépathique des

Jedi pour obliger Bernard à se présenter, mais il restait là, bouche bée, comme une de ces figures de fête foraine auxquelles il faut faire avaler des balles. J'ai senti que sa tête en carton-pâte était à deux doigts d'éclater.

– Dis-moi… a poursuivi Zoé. Ce ne serait pas toi qui m'as tapé dans l'œil ?

Bernard était toujours aussi muet. Rouge comme un homard, il a tenté de se dissimuler derrière le rideau de séparation à côté du lit de Zoé. Il était temps que j'intervienne, avant qu'il finisse lui aussi avec un œil au beurre noir.

– Psst !

Bernard s'est aussitôt tourné vers la fenêtre. Je lui ai crié :

– Non, ne me regarde pas !

Alors il a vite détourné les yeux vers Zoé, mais, gêné, il a préféré fixer le sol, puis le plafond.

– Parle-lui du match, ai-je lancé.

– Est-ce que je dois demander pardon ? a chuchoté Bernard sans regarder la fenêtre ni Zoé.

On aurait vraiment dit un fou qui parlait au plancher.

– C'est à moi que tu poses la question ? s'est exclamée Zoé.

– Dis-lui… ai-je commencé en me creusant la tête pour trouver quelque chose de poétique. Dis-lui qu'elle a les cheveux de la couleur du maïs tout juste épluché. Qu'elle a les yeux comme des pâtés de gadoue. Que ses taches de rousseur sont comme un jeu de points à relier qui dessinent le contour de ton cœur.

– Non ! a crié Bernard. Je ne peux pas !

– Eh bien, ne t'excuse pas, si c'est comme ça ! a rétorqué Zoé, fâchée. T'es gonflé, toi !

Je me suis mis une claque. On n'était pas sortis de l'auberge ! L'infirmière est revenue voir comment se portait Zoé : elle a soulevé la poche de glace pour inspecter les dégâts.

– Pour protéger ton œil, tu devras porter ça pendant quelques jours.

L'infirmière a tendu à Zoé un cache-œil médical noir. On aurait dit un machin de pirate.

– J'ai appelé ta mère : elle ne va pas tarder. Essaie de te reposer en attendant.

En se retournant pour attraper un oreiller, l'infirmière a failli marcher sur Bernard. Elle a poussé un cri de surprise avant de s'excuser.

– Désolée ! Ça fait longtemps que tu es là, toi ?

Sacré sac de nœuds ! ai-je pensé.

Ça s'annonçait plus compliqué que prévu…

Chapitre Cinquante-Deux

LA PREMIÈRE PHRASE COHÉRENTE DE BÉBÉ BERNIE

Après l'école, j'ai convaincu Bernard de marcher jusque chez Zoé avec un bouquet de pissenlits. Les tiges ont ramolli dans ses mains, tellement il était nerveux. C'était la moindre des choses, surtout après la façon catastrophique dont il… bon, d'accord, dont *nous* avions essayé de nous excuser la première fois.

Bernard a sonné, mais Zoé n'est pas venue tout de suite, parce qu'elle n'avait aucune envie qu'on la voie avec son cache-œil. Mais sa mère a insisté pour qu'elle aille ouvrir la porte.

– Encore toi ? s'est étonnée Zoé. Tu as l'intention de ne pas t'excuser une deuxième fois ?

Bernard est resté immobile, les yeux ronds comme des billes. Je lui ai mis un petit coup de coude dans les côtes.

– Ouille…

Il m'a jeté un regard mauvais, mais il a fini par

rassembler son courage. Il a fouillé dans sa poche pour en sortir un cache-œil en plastique noir, rescapé de son dernier déguisement d'Halloween. Puis il a enlevé ses lunettes, enfilé son cache et remis ses lunettes. Ensuite, il a fait un timide clin d'œil à Zoé.

D'abord, j'ai cru qu'elle allait le frapper en pensant qu'il se moquait d'elle. Mais j'ai vite aperçu dans son œil à l'air libre une micro-étincelle de joie. On avait assuré. Quels champions ! Un jour, des gens composeraient des sonnets sur notre duo débonnaire ! Et si ce n'était pas le cas, je les écrirais moi-même, tiens.

Zoé a attrapé Bernard par la main.

– Allez viens, zarbi ! Tu vas m'aider pour mon projet.

Alors que Zoé l'entraînait à l'intérieur, Bernard s'est retourné vers moi. Dans son regard, voici ce que j'ai lu à ce moment-là : enfin, on le voyait.

Et il était terrorisé. Même si j'étais un peu comme la cinquième roue du carrosse, il valait mieux que je les suive.

Dans le jardin de Zoé trônait une piscine entourée de plantes et de rochers, surmontée d'une petite cascade.

– Chicos, ai-je commenté. Qui veut un cocktail ?

J'essayais de trouver quelque chose à souffler à Bernard – à propos de la fatalité, du destin et de la trajectoire d'une balle au prisonnier, mais, à ma grande surprise, il a carrément pris la parole. Tout seul. Je me suis senti comme un marionnettiste dont le pantin se lève pour danser la gigue.

– Qu'est-ce que brillante cette chose ? a-t-il demandé.

Bon, d'accord : les mots n'étaient pas tout à fait dans l'ordre. Ça restait un bel effort.

– Oh, avec mes amies on prépare une chorégraphie pour le concours de talents, a expliqué Zoé.

Elle lui a tendu un chapeau entièrement recouvert de paillettes vertes se chevauchant comme des écailles.

– On dirait une queue de sirène, a remarqué Bernard. Tu sais, peu de gens sont au courant, mais à l'aide d'un cache-œil on peut voir les sirènes.

Parfait. Génial. Bernard venait enfin de réussir à débiter sa première phrase cohérente à une fille... et c'était n'importe quoi !

– Euh... les sirènes ? a répété Zoé.

– Ouaip, a confirmé Bernard. Il suffit de couvrir l'œil qu'il te reste pour les apercevoir.

Zoé a rigolé. Puis elle a couvert son deuxième œil. Je n'en revenais pas.

– L'endroit où vivent les sirènes ressemble un peu à ta piscine, a expliqué Bernard. Sauf qu'elles bâtissent des maisons à base d'os de baleines et de fragments d'épaves. Elles jouent aux échecs avec des hippocampes.

Elles portent des capes en écailles de poisson et dorment sur des lits d'algues.

Alors que j'écoutais Bernard, j'ai cru entendre comme des éclaboussures à l'autre bout de la piscine.

– La nuit, a-t-il poursuivi, elles allument des anguilles électriques en guise de veilleuses et attisent un feu dont la fumée sort par une cheminée de corail.

– Attends une seconde, l'a interrompu Zoé, captivée par son récit. Si elles vivent sous l'eau, comment elles arrivent à faire du feu ?

– Tu n'as qu'à leur demander, a répondu Bernard.

Alors, avec Zoé, nous avons rouvert les yeux.

Je sais bien que la lumière nous jouait des tours. Et qu'on avait sans doute tous respiré trop de colle à paillettes. Mais, l'espace d'un instant, le bleu de la piscine de Zoé s'est changé en un bleu plus profond, plus sombre, qui faisait penser à l'océan. Les quelques plantes et rochers ont cédé la place à un lagon, surmonté d'une cascade, où plusieurs sirènes se prélassaient, à moitié dans l'eau, à moitié au soleil. Elles

plongeaient et s'éclaboussaient et leur rire cascadait comme l'eau.

Enfin bref. En matière d'imagination, Bernard avait peut-être bien quelque chose d'un magicien.

Chapitre Cinquante-Trois

CE QU'ON NE VOIT PAS

Ce soir-là, une fois Bernard endormi, j'ai décidé d'aller me promener pour cogiter. Après l'épisode des sirènes, j'avais compris que Bernard n'était pas juste timide ni craintif, et qu'il ne cherchait pas à tout prix à décrocher le rôle de celui qui reste toujours tout seul dans son coin. Il vivait simplement dans son univers à lui : le Monde de Bernie. C'était sans doute pour ça que les abeilles et les oiseaux se posaient sur lui : il devait avoir en lui tout un monde parcouru de rivières de miel, avec un cœur en bouquet de fleurs. Bernard était comme un bourgeon fermé, un noyau qui porte en lui un arbre, une chanson qu'on n'a pas encore entendue.

Sincèrement, je commençais à me dire que si on avait la chance de découvrir ce que les gens ne montrent jamais à personne, on ne pourrait que les admirer. Si on pouvait les regarder composer de petites chansons et faire des grimaces dans la glace. Serrer la main à une feuille ou s'arrêter pour observer une chenille arpenteuse verte, suspendue dans l'air par un fil invisible. Ou juste se sentir si différents et si seuls et pleurer, parfois, la nuit. Si on voyait les gens comme ils sont *vraiment*, on ne pourrait pas s'empêcher de trouver tout le monde extraordinaire.

Tout le monde, ça voulait dire moi, aussi...

Mais qu'est-ce que je pouvais bien avoir de spécial, moi ? Difficile de le savoir. Peut-être parce qu'on est toujours trop proche de soi pour bien se voir, comme une fleur qui baisserait la tête et qui penserait qu'elle n'est qu'une tige. J'imagine que le plus important, c'est de croire qu'on l'est. Spécial. Et nos proches le perçoivent de mille et une façons qu'on n'aurait jamais soupçonnées.

Sans que je m'en rende compte, mes pas m'ont conduit à la cabane où j'étais déjà venu plusieurs fois assister aux réunions des Imaginaires Anonymes. Je me suis demandé si quelqu'un me reconnaîtrait, là-dedans. Je n'avais jamais eu l'occasion de demander à Bernard à quoi je ressemblais, désormais. J'avais passé tellement de temps à essayer d'aider mon nouvel ami que ça m'était sorti de l'esprit. J'ai poussé la petite porte rose, qui a légèrement grincé.

– Bonsoir... ai-je dit doucement. Je suis bien aux Imaginaires Anonymes ?

« Imaginaire ou pas, je ne suis invisible que si c'est ce que je crois. »

J'ai attendu que le groupe finisse la phrase rituelle pour aller m'asseoir au fond. J'ai écouté la première personne prendre la parole, même si je n'arrivais pas à distinguer qui s'exprimait. Ça devait être quelqu'un de tout petit, une malheureuse créature qui avait sans doute malencontreusement utilisé le terme « délicat » ou « lilliputien » sur son formulaire de réaffectation.

– Évidemment, au début, c'était très dur, a reconnu le minuscule imaginaire. Mais après, j'ai réalisé qu'un jour je flotterais peut-être tout autour du monde. Peut-être que je serais tout doucement emportée par l'Amazone, que je volerais jusqu'au sommet de la tour Eiffel, que je me prendrais dans la fourrure toute douce d'un singe et que je vivrais en haut du plus grand des arbres. Pour une petite cow-girl, je ne m'en sors pas trop mal, finalement.

Les autres membres ont applaudi et ont remercié l'Imaginaire pour son témoignage. Moi aussi, j'avais envie de lui dire merci, mais pas pour la même raison. Quand tout le monde a fini de se confier, après les traditionnels biscuits et jus de fruits, je suis allé trouver le mini-Imaginaire.

– Cow-Girl ? Cow-Girl, c'est bien toi ?

Chapitre Cinquante-Quatre

LE MONDE SUR UN GRAIN DE POUSSIÈRE

– Mais tu es… Tu es… ai-je bégayé en cherchant mes mots.

– Un tout petit grain de poussière, a complété Cow-Girl.

– Oui. Mais quel genre, au juste ? Une aigrette de pissenlit ? Une boule de peluches ? Qui a donc pu imaginer un truc pareil ?

– Il s'appelle Marcel. Il a six ans. Il a lu un livre sur un éléphant qui découvre une ville microscopique sur un grain de poussière. Du coup, il a eu envie de son grain de poussière à lui, et me voici.

– C'est à se demander ce que tu as mis sur ton formulaire.

– En fait, je ne l'ai pas rempli. Je me suis dit : « Hé, peu importe, j'irai où le vent m'emporte. »

La brise s'est engouffrée dans la cabane et Cow-Girl a valsé de-ci, de-là pendant un moment avant de redescendre vers moi.

– Au sens propre ! ai-je plaisanté (et nous avons ri tous les deux). C'est quand même fou de t'avoir reconnue malgré tout.

– Hé, moi aussi, je t'ai reconnu quand tu t'étais changé en cabot format hot dog, pas vrai ? Ce n'est pas si difficile. Il suffit de ne pas tenir compte des apparences. Tu as déjà remarqué que c'est pareil pour les vrais gens ? Même avec soixante-dix ans de plus, on les reconnaîtra toujours. Le secret est dans le regard.

J'ai essayé d'imaginer les billes à lunettes de Bernard et le regard plein d'énergie de Merla. Pas trop difficile. Quand j'ai essayé de me représenter les yeux de Fleur, mon souvenir était déjà moins net, mais Cow-Girl avait raison : au bout d'un moment, ils me sont réapparus ; leur couleur, comme un étang, avec du bleu, du vert et des rayons de soleil dorés – un endroit où on s'attend toujours à voir un poisson jaillir à la surface.

Cow-Girl m'a tiré de ma rêverie :

– J'ai retrouvé quelque chose qui t'appartient.

– À moi ? Mais je ne possède rien. On perd toutes ses affaires quand on devient l'ami d'un nouvel enfant.

Cow-Girl a flotté jusqu'à la table et virevolté audessus d'une serviette. Je l'ai suivie et j'ai soulevé

la serviette. En découvrant ce qu'il y avait en dessous, j'ai eu le souffle coupé.

– J'ai réussi à négocier pour la récupérer.

Là, sur la table, était posée la boussole que Fleur m'avait donnée, celle que je pensais avoir perdue à tout jamais, prisonnière des griffes du Grand Méchant Flou. Maintenant, je savais à quel point il est exceptionnel de retrouver quelque chose qu'on avait cédé parce qu'on ne s'était pas rendu compte de sa valeur. J'ai serré la boussole, saisissant sa véritable magie : le pouvoir de me rappeler ce que j'avais perdu et de m'inviter à profiter de l'instant qui risquait de disparaître tout aussi rapidement.

Chapitre Cinquante-Cinq
SACRÉ FIASCO ASSURÉ

Le lendemain, Bernard prenait son petit déjeuner quand je lui ai annoncé :

– J'ai décidé que nous allions nous inscrire au concours de talents de l'école.

Bernard a fixé sa cuillère de céréales comme si elle contenait une mini-apocalypse.

– Tu m'as entendu ?

– Non, m'a répondu Bernard.

Alors j'ai crié :

– J'ai dit que nous allions participer au concours de talents !

– Oui, j'avais entendu, a dit Bernard en se bouchant les oreilles. Mais, non, il est hors de question que je le fasse. Tu m'as regardé ?

– Tu as très bonne mine. C'est une nouvelle chemise que tu portes ? La couleur « rayures » te va à ravir.

– Ce n'est pas ce que je voulais dire, a repris Bernard. Je n'ai pas de talent. Pas le moindre. Parfois, je trébuche

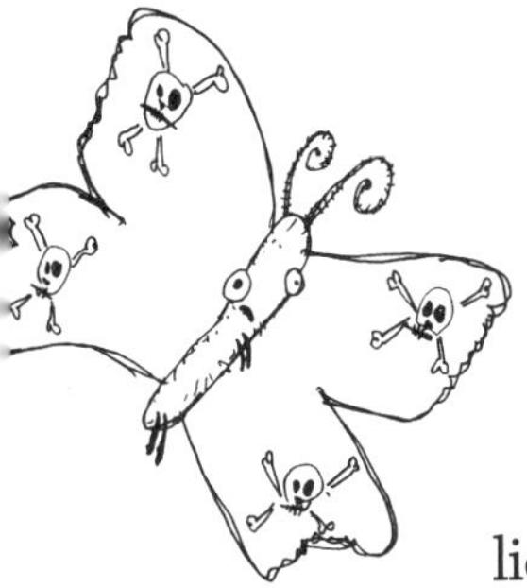

rien qu'en marchant. Un jour, j'ai failli mourir en sautant à la corde. Et je suis allergique aux papillons!

– Ces problèmes ne me semblent pas liés à un manque de talent. Aux papillons? Sans rire? Peu importe... Ne changeons pas de sujet. Tu ne jouerais pas d'un instrument, par hasard?

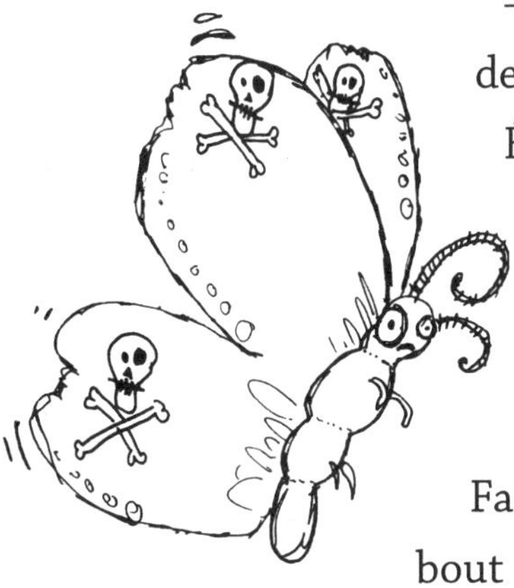

– Mon cousin m'a appris à faire des prouts sous mes aisselles. Écoute un peu...

– Pas la peine, je te crois. Ça sent la franche camaraderie entre vous, dis-moi. Est-ce que tu sais jongler? Faire tourner des assiettes au bout d'un bâton? Ou faire tournoyer un bâton en feu?

– Non, non et je n'ai pas encore essayé, mais je veux bien, m'a répondu Bernard.

Ça s'annonçait plus compliqué que prévu. Découragés, nous sommes sortis nous affaler sur les marches du perron. C'est là que j'ai entendu un bruit métallique dans ma poche. J'ai sorti la boussole que Cow-Girl m'avait rapportée.

– Qu'est-ce que c'est ? m'a demandé Bernard.

– Oh, cette prétendue boussole magique... Je l'ai eue à un spectacle de Maurice le Magnifique. Il n'était pas si magnifique que ça, en réalité, mais assez drôle pour un vieux bonhomme. Enfin, si on veut.

À ces mots, l'ampoule de mon cerveau s'est enfin allumée.

– Je le connais, moi, ton talent ! ai-je annoncé à Bernard.

Je me suis caressé le menton comme un génie du mal ou un coach d'émission de relooking.

– Oui, c'est ça... Merveilleuuuux...

– Oh, je sens que je ne vais pas aimer ton idée ! a lâché Bernard. Sacré fiasco assuré !

Chapitre Cinquante-Six

BERNARD L'ÉPOUSTOUFLANT

Comme on le dit à juste titre : le temps file quand on force son meilleur ami à se lancer dans quelque chose qu'il n'a pas du tout envie de faire. Je n'ai même pas vu arriver le soir du grand concours de talents de l'école.

– Tu sens la magie monter en toi ? ai-je demandé à Bernard.

Nous étions dans les coulisses. Il portait une cape et un chapeau de magicien. J'étais vêtu d'une veste et d'un pantalon à paillettes. Je trouvais qu'on avait fière allure, mis à part le teint vert malade de Bernard qui jurait avec ma tenue éclatante. Je me devais de le réconforter :

– Détends-toi ! Ce n'est qu'une salle pleine à craquer. Avec une poignée de jurés et... Oh ! Regarde ! C'est au tour de Zoé Cache-Œil. J'avais oublié qu'elle participait, elle aussi.

Le visage de Bernard a viré du vert au gris. Nous avons regardé Zoé exécuter sa chorégraphie avec ses

amies, jusqu'à ce qu'elles commencent à se battre au beau milieu de leur numéro et qu'on les fasse sortir de scène.

Ensuite, il y a eu un groupe de metal, un poète et trois autres troupes de danseuses qui se sont aussi bagarrées sur scène.

– Ça s'annonce plutôt bien pour nous, ai-je chuchoté à Bernard. Ah, on dirait que ça va être notre tour !

Le présentateur a parcouru ses petites fiches pour annoncer :

– Et maintenant... Place à la magie de Bernard l'Époustouflant et son élégant assistant !

Tout le monde, y compris le père de Bernard, au premier rang, et Zoé, dans une allée, a applaudi quand nous avons poussé un cube à roulettes sur scène.

– Pour mon premier tour, a murmuré Bernard, je vais faire disparaître mon assistant.

– Quoi ? a crié quelqu'un du fond de l'auditorium. Parle plus fort, petit, on n'entend rien !

– Je disais, a repris Bernard, que je vais maintenant faire disparaître mon assistant !

Je lui ai mis un petit coup de coude.

– Mon élégant assistant, a-t-il corrigé.

Chuchotements et marmonnements ont parcouru l'assistance.

Quel assistant ?

Vous voyez quelqu'un d'autre ?

Il a un problème, ce gamin ?

Je me suis placé dans le cube avec ma classe et ma grâce habituelles. Bernard l'a fermé. Puis il a fait un grand geste théâtral et néanmoins étrange et s'est mis à bondir tout autour en criant plusieurs fois « Alakazam ! », « Abracadabra ! » et « Shazam ! ». Ensuite, il a rouvert le cube pour montrer... qu'il était vide !

– Et voilà, mesdames et messieurs ! s'est exclamé Bernard.

Je peux vous dire que l'auditorium était tellement silencieux qu'on aurait pu entendre un bébé souris qui aurait attrapé le hoquet ou une puce en train de se gratter. Je n'avais encore jamais vu autant de gens perplexes, bouche bée, front plissé.

Mais alors – hourra ! – j'ai entendu quelqu'un ricaner quelque part au fond de la salle. Ou plutôt s'esclaffer. Et ça devait être un rire contagieux, parce que, très vite, d'autres rires ont fusé dans l'assistance, de plus en plus fort, dans un éclatant crescendo musical.

Le public a également applaudi le tour suivant de Bernard, pendant lequel il a coupé son assistant invisible en deux.

Les spectateurs ont gloussé quand il a fait léviter mon moi invisible. Ils ont franchement rigolé quand il a fait passer mon corps à travers un cerceau argenté. Et ils ont hurlé de rire quand Bernard a transpercé de son épée ma tête imaginaire.

Quel génie comique ! ont-ils crié.

C'est de loin le numéro le plus drôle !

Premier prix pour Bernard l'Époustouflant !

Chapitre Cinquante-Sept
ET SON CHARMANT ASSISTANT

Après le spectacle, j'ai observé Bernard. Des élèves de sa classe, dont quelques-uns ne savaient même pas comment il s'appelait avant ce soir-là, sont venus le saluer.

Tu devrais devenir comédien, disaient-ils.

Comment tu as fait pour imaginer un numéro aussi génial ? demandaient-ils.

Et si tu déjeunais avec nous à la cantine ?

À partir de là, c'est allé de mieux en mieux pour Bernard.

Lundi, il a été choisi avant-avant-avant-dernier pour jouer au foot dans la cour de récré. Avant-avant-avant-dernier ! D'habitude, on ne lui demandait même pas de jouer, alors vous imaginez le progrès ! Et pendant le match, il n'a pas eu besoin de se cacher dans les buissons ni d'avoir recours à l'aide d'un quelconque feuillage.

Mardi, Bernard a levé la main pour la première fois

depuis le début de l'année pour nommer la capitale de l'Idaho. À la cantine, il n'a pas mangé tout seul, et quand le bus scolaire est arrivé devant chez lui Bernard était devenu suffisamment visible pour que le chauffeur n'oublie pas de s'arrêter.

Mercredi, Zoé – encore plus mignonne avec ses deux yeux – a demandé à Bernard s'il comptait aller au bal de l'école. Bernard a répondu qu'il y passerait sans doute et Zoé lui a lancé : « O.K., on se croisera là-bas, alors. » *On se croisera !* En CM1, c'est comme si elle l'avait demandé en mariage !

Jeudi, le directeur a remis à Bernard son trophée du concours de talents : premier prix. Sur le devant, il y avait même gravé *Bernard l'Époustouflant* sur une petite plaque en or. Et juste en dessous, les quatre mots les plus épatants : *et son charmant assistant*. Sacrée gloire ! Sacrée fortune !

Tout allait pour le mieux.

Tellement qu'en fait, vendredi, j'ai dû admettre la triste vérité : il était temps que je m'en aille.

Le garçon invisible n'était plus invisible. Il ne pourrait plus se contenter de flotter de-ci, de-là. Ni de se cacher pendant les matchs. Ni d'arrêter de participer. Parce que maintenant, on l'avait vu.

Alors je suis parti.

Je n'ai pas eu le cœur de lui dire au revoir.

Je savais qu'il me demanderait de rester. Et que s'il le faisait, je resterais. Bernard était comme une tortue qui vient juste de sortir la tête de sa carapace. Si je m'éternisais, à la moindre frayeur il filerait se recroqueviller à l'intérieur, à l'abri de ma compagnie. Une chose était sûre : je ne voulais pas que Bernard retourne se cacher. Je voulais m'accrocher à cette fierté d'avoir vraiment contribué à changer la vie de quelqu'un. Ce qui me rendait moi-même un petit peu moins invisible. Alors je retournerais au Bureau de Réaffectation pour expliquer la situation et on m'assignerait une nouvelle maison.

En regardant Bernard faire briller son trophée et rire avec de nouveaux amis, j'ai compris que s'il avait exécuté bien des tours de belle manière, il y en avait surtout un qui le rendait admirable : Bernard l'Époustouflant s'était, enfin, fait apparaître.

Chapitre Cinquante-Huit

HUIT CENTS MILLIARDS DE NOUVELLES ÉTOILES

Alors je suis parti vers je ne sais quoi. Une nouvelle mission, sans doute. Un nouveau point sur la Carte de Moi.

Bernard aussi avait une carte. La sienne faisait partie des cartes très spéciales. Vous savez, de celles qui ressemblent à un parchemin vierge quand on les regarde. Mais quand on met les bonnes lunettes décodeuses super secrètes, petit à petit, on voit tout apparaître. Les lagons des sirènes, les montagnes magiques et, bien sûr, les couleurs, toutes les couleurs qui ne portent pas encore de nom, là, sur la Carte de Bernard.

Comme je n'avais nulle part où aller, je me suis rendu au Bureau de Réaffectation. J'ai annoncé d'entrée que je n'avais pas besoin de remplir le formulaire. Que je ne répondrais à aucune question. J'ai même chiffonné la feuille dans un geste théâtral en pensant : *Vous n'avez qu'à m'envoyer là où on a le plus besoin de moi.* J'ai patienté dans la salle d'attente vide, et quand on a appelé mon numéro, je suis passé par la petite porte menant à ma nouvelle vie, prêt à tout, quoi qu'il arrive.

Mais j'avais oublié ce qui m'était arrivé au tout début de mon voyage : quand on ne remplit pas son formulaire, on est expédié dans les limbes. Le noir. Pour attendre. Pendant ce qui pouvait être un long, très long moment.

Et c'est exactement là que je me suis retrouvé.

Alors j'ai fait comme si je jouais à cache-cache. Je me suis rappelé qu'il se passait plein de choses à l'extérieur du noir. Je les ai toutes imaginées.

Un milliard soixante-quatre millions de bébés sont nés pendant que tu te cachais dans ce coffre à jouets, ai-je pensé. *Et huit mille cinq cent quatre-vingt-six espèces ont disparu, quatre cent quatre-vingts volcans sont entrés en éruption, mille deux cents personnes sont mortes en se prenant une noix de coco sur la tête, quatre cent seize lundis, mardis, mercredis, jeudis et vendredis sont passés, la lune a fait le tour de la terre cent quatre fois, huit cents milliards de nouvelles étoiles sont nées dans la galaxie.*

Mais pour moi, pas de nouvelles étoiles. Il n'y avait que l'obscurité. Et l'obscurité a commencé à m'absorber.

Tout s'est mis à s'estomper.

Comme si mes souvenirs avaient été sculptés dans le sable et qu'on les avait négligemment laissés trop près de l'eau. Ils devenaient impalpables, intangibles, invisibles. Et je ne savais pas comment faire pour les retenir.

D'abord, j'ai regardé dériver mon nom.

Le *J* est parti comme une bonne grosse bulle, suivi d'*A*, *C*, *Q*, *U*, *E* et *S*, tous embarqués d'un coup. *P-A-P-I-E-R* a mis un peu plus de temps à disparaître : l'encre s'est brouillée, puis les lettres se sont délitées en fragments flottants. La courbe lunaire du *P* et les pointes de la fourche du *E* se sont accrochées avant de s'estomper dans un tango de figures d'origami. J'ai laissé s'en aller les cartes que j'avais dessinées, mes chansons préférées, et toutes les personnes que j'avais rencontrées, connues et aimées. Au revoir, gentillesse de Fleur, patience de ma mère et goût pour l'émerveillement de mon père. Au revoir, créativité de Pierre, grand cœur de Merla et courage de Bernard. Au revoir, soif d'aventure de Cow-Girl, Chaussette-Qui-Pue, M. Minable et tous les autres Imaginaires. Au revoir, façon qu'ils avaient de se soucier avant tout du bonheur de leurs amis plutôt que du leur. Tous ces souvenirs ont agité leurs nageoires pour nager au loin, comme un banc d'impossibles, invisibles et imaginaires poissons volants.

Et là, je me suis retrouvé vraiment seul.

Qui est-on quand tout ce qu'on sait de soi a disparu ?

Qui est-on quand il n'y a plus personne pour vous rappeler quel rôle vous jouez, plus de souvenirs qu'on regrette ou qui nous tiennent chaud ?

À quoi ressembler quand on ne se souvient même plus d'avoir un jour ressemblé à quelque chose ? Quelle forme prendre ?

À quoi rêver la nuit si on n'a plus de souvenirs ? Quelles notes jouer dans sa tête si on ne se rappelle plus aucune chanson ?

Une fois que tout s'est dissipé, là, dans le noir, j'ai essayé de me voir. Je n'avais pas de forme particulière, mais ce n'était pas grave. J'avais appris que ça ne voulait rien dire. Alors qu'est-ce que j'étais ? Mes souvenirs avaient beau s'être enfuis, les gens que j'avais connus faisaient partie de moi. Ils avaient fait de moi ce que je suis. C'est là que j'ai compris que je n'avais qu'à être moi-même pour être avec eux, avec toute leur gentillesse, leur courage et leur générosité. Je n'avais pas besoin de carte ni de boussole pour cet endroit : ils avaient aidé à le bâtir. Alors j'ai empli ma demeure intérieure de meubles, de rires et de lumière, d'amour et d'une famille. J'ai imaginé que je m'envolais pour m'y rendre, traversant un ciel plein de Brume d'Automne, et qu'en arrivant dans cette maison je savais que j'étais désormais chez moi, enfin, après si longtemps passé loin, si loin de là.

Chapitre Cinquante-Neuf

BRANCHIES, AILES ET ÉCAILLES VERTES

J'ai passé tant de temps dans les sombres limbes qu'en en sortant je n'étais plus trop sûr de ce que je voyais. Est-ce que j'avais déjà connu la lumière ? Ou est-ce que je l'avais juste imaginée ?

J'étais dans une chambre d'enfant. On se serait cru dans un rêve, comme un mélange de toutes les chambres que j'avais habitées. Le plancher craquait. Quelque part, au loin, j'ai entendu un chien aboyer. Il flottait dans l'air un parfum de linge propre et de sapin, avec un soupçon de liberté, enfin.

La fenêtre était ouverte et les rideaux s'agitaient en dansant. Ça va vous paraître idiot, mais, à ce moment-là, j'ai eu envie de pleurer, juste un petit peu. Est-ce que les rideaux qui dansent au vent avaient toujours été aussi beaux ? Et les planchers qui craquent, les chiens qui aboient et le ballet de poussière dans un flot de colonnes lumineuses ? Il faut sans doute avoir été enfermé loin de tout pour en arriver à apprécier la moindre chose. Où est-ce que j'étais ? Qu'est-ce que j'étais ? Je suis sorti par la fenêtre, et, une fois dans l'herbe, j'ai regardé mes jambes. Elles étaient recouvertes de vives écailles brillantes d'un vert émeraude. En touchant mon cou, j'ai senti des branchies. En bougeant le dos, stupéfait, j'ai découvert que j'avais des ailes !

J'ai fait jouer mes muscles et mes ailes ont bougé.

– Je me demande...

Je n'ai pas eu le temps de finir ma question : j'ai eu ma réponse en décollant du sol. Apparemment, je savais voler. Est-ce que j'avais toujours su le faire ? Voler me semblait trop extraordinaire pour que ça puisse s'oublier.

J'ai vite pris le pli et je me suis élevé de plus en plus haut dans le ciel.

J'ai survolé des champs dorés parsemés de vaches et des collines vertes sans maisons, sans clôtures. Puis le vert a cédé la place au sable, aux dunes, et, après l'eau, à plus de maisons et plus de routes. Je ne savais pas où j'allais, mais c'était comme si je suivais une boussole intérieure en volant dans le soir tombant.

Enfin, j'ai eu le sentiment d'être arrivé à destination. En bas, j'ai vu une rue. Comme beaucoup de choses dans la vie, celle-ci formait une boucle. J'ai atterri

doucement, mais pas très discrètement dans ce quartier tranquille. Une pancarte indiquait : *Chemin des Cerisiers*. Le soleil venait de se coucher : c'était l'heure où on appelle les enfants pour qu'ils interrompent leurs jeux et rentrent à la maison.

J'ai eu l'impression que jusqu'ici mon esprit n'avait été qu'un dessin en noir et blanc et qu'il prenait d'un seul coup des couleurs. J'ai regardé la maison jaune qui se dressait face à moi, la boîte aux lettres rouge, les fleurs violettes. Un carré chaleureux se dessinait sous la lampe du porche. On aurait dit une invitation, comme le dernier avant-poste d'un immense univers.

Alors j'ai pensé :

Quelqu'un a laissé cette lumière allumée rien que pour moi.

Chapitre Soixante

BIENVENUE CHEZ TOI, JACQUES PAPIER

J'ai monté les marches de la maison à la lumière accueillante. La peinture écaillée du porche m'a vaguement rappelé quelque chose. En apercevant un peu plus loin deux lettres, un *J* et un *F*, gravées sur le tronc d'un arbre, je me suis arrêté net.

Je suis déjà venu ici. Il y a très, très longtemps.

J'allais ouvrir la porte quand j'ai entendu un grognement à mes pieds. En baissant la tête, j'ai découvert le chien le plus vieux que j'aie jamais vu. Il avait le corps très long, les pattes courtes et le ventre qui traînait par terre. Il manquait par endroits des poils à sa fourrure grise et l'âge avait voilé ses yeux de blanc. Même s'il grognait méchamment, j'avais la drôle d'impression que nous étions de très vieux amis.

Ou du moins de très vieux ennemis.

– Ne fais pas attention à lui.

J'ai levé les yeux. De l'autre côté de la porte se tenait une petite fille de sept ou huit ans aux cheveux roux. Elle a souri et une petite étincelle s'est allumée dans son regard.

– Je m'appelle Félicie. Je t'inviterais bien à l'intérieur, mais je crois que tu es trop grand pour rentrer.

Alors elle m'a conduit derrière la maison et m'a offert une tasse de milk-shake au nuage et une assiette de tartines beurrées à la lune. En mangeant, j'ai regardé autour de moi.

J'ai déjà joué ici. J'ai sauté dans les feuilles mortes de ce jardin, dessiné des cartes et inventé des milliers de jeux. Mais quand ? Et avec qui ?

La porte à l'arrière de la maison s'est ouverte pour laisser passer une jeune fille aux mêmes cheveux que Félicie.

– Tu avais raison, a chuchoté la petite fille à la grande. Je me suis imaginé un ami, et il est arrivé pour de vrai. Je crois qu'il est venu en volant.

La jeune fille a passé son bras autour de sa sœur.

– Ah... Un ami volant. C'est extraordinaire. À quoi ressemble-t-il ?

– Tu ne le vois pas ? s'est étonnée Félicie. Il est juste là. Et il est énorme !

– Non. Tu sais, à mon âge, on n'a plus d'ami imaginaire.

– Eh bien, on dirait qu'il est moitié dragon, moitié

poisson, a expliqué Félicie. Et il se nourrit de milk-shakes au nuage et de tartines beurrées à la lune. Mais son aliment préféré, c'est la poussière d'étoiles.

La grande sœur a eu l'air surprise, mais elle s'est vite remise à sourire.

– Oh ! Je sais ce que c'est, a-t-elle annoncé. Un Dragon-Hareng !

Félicie a réfléchi, puis elle a fait oui de la tête. Sa grande sœur avait tout à fait raison, comme d'habitude.

– Il va falloir lui trouver un nom, a dit la petite fille.

– Je pense qu'il en a déjà un, lui a répondu la grande.

Même si elle avait avoué qu'elle ne pouvait pas me voir, la jeune fille s'est alors approchée de moi et j'aurais pu jurer qu'elle me regardait droit dans les yeux.

C'est là que j'ai réalisé que son regard m'était familier. Elle avait les yeux de la couleur d'un étang, avec du bleu, du vert et des rayons de soleil dorés. C'est fou, mais je m'attendais à voir un poisson jaillir à la surface d'un moment à l'autre.

Je connaissais ce regard. Quelque chose s'est brisé en moi et s'est ouvert en deux. Je ne sais pas comment, mais quand j'ai baissé la tête, la fille qui ne me voyait pas s'est appuyée contre mes invisibles écailles émeraude et elle a fermé les yeux. Et là, pendant un bref instant, nous n'étions plus qu'un petit garçon et une petite fille. Ils dessinaient des cartes infinies – il était le capitaine de la forêt et elle, la navigatrice. À la lumière étincelante d'une fin d'été, ils avaient gravé deux initiales, un *J* et un *F*, sur le tronc d'un arbre. Ils recueillaient la magie au creux de leurs petites mains, tombaient de fatigue en rentrant chez eux chaque soir et s'endormaient des brins d'herbe plein les cheveux.

J'ai senti tellement d'amour s'agiter en moi que j'ai cru que j'allais exploser. Et même si je savais qu'elle ne pouvait pas m'entendre, que mes mots allaient se perdre, j'ai tenu à lui chuchoter :

Fleur, tu vois, je ne t'ai pas oubliée. Fleur, je suis revenu.

Et elle a murmuré :

Bienvenue à la maison. Bienvenue chez toi, Jacques Papier.

F+J

REMERCIEMENTS

Pour m'avoir aidé dans ce voyage qu'est le récit de mon histoire, j'aimerais remercier Fleur et Félicie Papier, ma mère et mon père, Maurice le Magnifique, Cow-Girl, M. Minable, Chaussette-Qui-Pue, Le Grand Tout, le Bureau de Réaffectation, Pierre, Merla et Bernard.

En tout dernier, j'aimerais également remercier François le Teckel Maléfique: tout grand récit se doit d'avoir son sale méchant, prêt à toutes les bassesses, et personne ne peut s'abaisser plus que toi.

Jacques Papier, mémorialiste

Merci à Emily Van Beek d'être quelqu'un à qui je fais confiance et que j'admire plus que les mots ne peuvent l'exprimer, à Nancy Conescu, éditrice extraordinaire, cette fin t'appartient autant qu'à moi, à Lauri Hornik, pour ses remarques, ses conseils et pour avoir dit « oui ! » quand j'ai (nerveusement) demandé à illustrer le roman, à Sarah Wartell, Josh Ludmir, Jake Currie et Patrick O'Donnell pour leur enthousiasme pour ces dessins pas sérieux, et, enfin, à ma famille et à mes amis, pour reprendre les mots de Jacques Papier :

« Ça arrive à tout le monde de se sentir invisible »...

C'est vrai. Mais grâce à vous tous, beaucoup moins.

Michelle Cuevas, auteure

MIXTE
Papier issu de
sources responsables
FSC® C022030
www.fsc.org

N° d'éditeur : 10218816
N° d'impression : 1605817
Achevé d'imprimer en janvier 2017
par Normandie Roto Impression s.a.s. 61250 Lonrai (France)